世界流行科幻丛书

主编：姚海军

光环 烟与影

〔美〕凯利·盖伊 著

虞北冥 译

HALO

四川科学技术出版社

图书在版编目（CIP）数据

光环：烟与影 / [美]凯利·盖伊 著；虞北冥 翻译
-- 成都：四川科学技术出版社，2023.5
（世界流行科幻丛书 / 姚海军 主编）
书名原文：Halo: Smoke and Shadow
ISBN 978-7-5727-0946-3

Ⅰ.①光… Ⅱ.①凯… ②虞… Ⅲ.①幻想小说—美国—现代 Ⅳ.① I712.45

中国国家版本馆 CIP 数据核字（2023）第 075859 号

图进字号：21-2022-424

世界流行科幻丛书

光环：烟与影

SHIJIE LIUXING KEHUAN CONGSHU
GUANGHUAN：YAN YU YING

丛书主编	姚海军
著　　者	[美]凯利·盖伊
译　　者	虞北冥

出 品 人	程佳月
责任编辑	兰　银　姚海军
特邀编辑	贺子恒
封面绘画	陈彦霏
封面设计	姚　佳
版面设计	姚　佳
责任出版	欧晓春
出　　版	四川科学技术出版社
	成都市锦江区三色路 238 号邮政编码 610023
	官方微博：http://e.weibo.com/sckjcbs
	官方微信公众号：sckjcbs
	传真：028-86361756
成品尺寸	140mm×203mm　　印　　张　6.125
字　　数	117 千　　　　　插　　页　2
印　　刷	成都博瑞印务有限公司
版　　次	2023 年 06 月成都第一版
印　　次	2023 年 06 月成都第一次印刷
定　　价	39.00 元
ISBN 978-7-5727-0946-3	

邮购：成都市锦江区三色路 238 号新华之星 A 座 25 层邮政编码：610023

电话：028-86361770

第一章　扑向火焰

一

新泰恩, 威尼西亚, 夸布星系, 2557 年 1 月。

今天, 她把武器卖给了一个 "铰链头" [1]。

那一小堆钉枪和卡宾枪换来的利润够船员乐和一阵子, 也够她继续跑船, 而她的线人还指着从里头分杯羹。

这个小小的、可爱的贸易循环由她一手打造。

芮恩喜欢这种事。她擅于此道, 而且总是不遗余力地捍卫自己的地位。她能骄傲地称自己是新泰恩最出色的拾荒人

---

① 光环世界里圣赫利人 (Sangheili) 的外号。圣赫利人是一种爬行动物演化而成的智慧生物。

之一。

但成功并非没有代价。

有的买卖，让她内心深处负责荣誉、正直和忠诚的部分留下了污点。这些罪业，让她可爱的小小贸易循环变得多少有点儿扭曲。

每次把货卖给前星盟的人，背叛的感觉都会萦绕在她心头，只有下到斯塔夫罗斯酒吧喝上几杯才能驱走。船员都以为这是个庆祝发薪日的小仪式，她借此表明大伙儿的工作不但安全，而且蒸蒸日上。确实，芮恩会笑容满面地跟伙计们开玩笑，但这层面纱之下，她总是能尝到一丝苦涩。

假如他看到了她的现况，不知道会说点什么，芮恩想。爸爸的乖女儿终于长大了，却没有选择当个遵纪守法的人。

虽然眼下就没多少法律还管用。

至于站边……战后多的是不同的选择。

芮恩没有选择站哪边，或者换个好听的说法，她保持中立。她的生意全仰仗这份态度。她对政治、宗教和层出不穷的叛乱敬而远之。她的家里人曾经会说保持这种"中立"和站错边一样糟，可时代变了，她的家也成了回忆。

"全部搞定了。"看着平板电脑上的银行账户确认信息,她说道。

"跟你合作真令人愉快,船长。本月收成没上回多,但也不错。"

上个月是芮恩赚得最多的几次之一。她在路过云屋星——那是维塔利耶维那星的一颗卫星——某个集市时,偶然发现一块先行者①导航模块。她力压竞价对手,赢下了那宝贝。模块的数据库坏了,晶体芯片也碎了,但都不是问题。先行者的技术产品和文物一直是抢手货。想挖掘和研究这东西的数据文件可不容易。芮恩把她的大部分休息时间都花在了这上头,为的只是增进对那古老种族的了解。

芮恩的努力得到了回报,她找到的情报似乎让安逸的退休生活不再只是梦想。情报里提到一种叫"神圣明灯"的装置,似乎能指明先行者神奇遗物存在的方向……

芮恩从口袋里掏出她的货币卡②,从中掰断,把相当于

①先行者(Forerunner),光环世界里的高等智慧物种,先行者文明起源于猎户座,它们大约于公元前15万年发展为整个银河系的主宰。先行者掌握着发达而完整的科技体系,以古老的"衣钵"信仰作为社会思想根基。

②光环世界里的货币卡(flex card)是一种古老的人类货币形式,仍在威尼西亚流通。这种卡片可以沿着应力线折断并用于消费。

二百五十信用点的半张亮橙色卡片摆在桌上。

诺尔·菲尔扫了眼卡上的数字，抬起硕大的鸟头。黄色的眼睛里，只见透明的瞳膜沿着水平方向张合扫过。对齐格亚尔人来说，这就等于眨眼。诺尔歪着脑袋陷入思考，眼眶上方的筋腱和肌肉拧到了一起。

随后，她用爪尖按住卡片，对着芮恩咯咯地笑，"就知道你会咬钩。"

尽管她俩完全是不同种族，芮恩和诺尔照样能彼此理解，互惠互利。诺尔的狡诈和贪婪只比她对塔沃安血统[①]的自傲程度略低一头。她是个优秀的战略家，清楚良好的人际关系和业务水平是维持资金流动的关键。而流动，就是经济的本质。

四年前，也就是诺尔的配偶萨夫·菲尔失踪后，她在威尼西亚建起了自己的帝国：一家处理战后遗物的清算公司。拾荒人会把他们搞到的货拉来威尼西亚，让清算公司给它们分类收购，从中抽成；威尼西亚历法中每个月的第一天，这些货都会被拍卖——钛合金镀层和分子记忆回路、轻型武器和航空载具，

---

① 光环世界里的塔沃安（Tiaoan）是爬行/鸟类智慧生物齐格亚尔人（Kig-Yar）的亚种，比普通齐格亚尔人更强大，更敏捷。

五花八门的东西应有尽有。诺尔牢牢地掌控着这个帝国, 包括拾荒人和买家在内, 所有人都遵守了她立下的交易法则。

诺尔的客户来自工业、技术、医疗、制造各个行业, 还有前星盟组织、边缘组织和宗教、不同派系的叛军以及政府军独立部队。每个跟军事相关的组织都密切注视着诺尔的一举一动——芮恩相信, 她本人也在几份监视列表里头——但通常情况下, 没人敢招惹清算公司。毕竟, 这里是威尼西亚, 威尼西亚有自己的游戏规则。再说了, 诺尔也不涉足重武器贸易。有传言说, 她的配偶之所以失踪, 正是因为卷进一桩大买卖, 并为此付出了代价。

"你的伙计们会不高兴的。"诺尔朝窗户方向扬了扬脑袋。芮恩看到莉莎和刚招来的凯普在外头倚着搬运车聊天, "刚刚赚了一笔, 他们肯定想休息休息。我听说每年的这个时节, 落日特别漂亮。"

"不管哪个时节, 落日都一样漂亮。"芮恩知道, 诺尔也清楚, "我这人闲不下来, 诺尔, 不信你去问我的伙计。"要是知道他们的报酬会被拿来抵用在接下来的大行动里, 他们肯定会更不高兴。"我听说某个边境星系有一大堆残骸等着回收,"芮恩点了点桌上的货币卡，"我想要的消息，你没卖了吧？"

诺尔发出的刺耳笑声让芮恩的耳膜一阵刺痛，她不由自主地缩了缩。

"你知道我信守诺言。"诺尔说道，"咱们签了协议，对吧？我什么时候出尔反尔过？"

"没有。你从来没有。"

诺尔脑袋后面的细小绒毛竖了起来。芮恩的话让她倍感骄傲。

诺尔这么洋洋得意，当然有她的道理。这只老鸟的情报确实了不得。卡西利纳贸易线穿过了夸布、科尔多瓦、肖普、埃尔多斯和斯维尔德洛夫斯克星系，而这只老鸟的线人遍布在整条线。换在以前，她会把情报优先卖给其他拾荒人买家，只有在那些拾荒人宣告任务失败以后，芮恩才能以更低的报价买到重新出售的情报，去完成那些别人干不了的活儿。随着芮恩名气渐长、荷包渐鼓，诺尔和她的业务合作也越来越紧密。

诺尔拉开桌子的抽屉，把货币卡丢了进去，"情报不在我这儿……不过收了钱，我就告诉你情报在谁手上。我敢肯定他还在等你。你要是办事再利索点，说不准哪天也能变成我这样的有钱人。"她咔嗒一下合上喙,发出短促刺耳的笑声,"别忘记规矩,成吧? 不要惹麻烦。"

有趣。一种熟悉的兴奋感在芮恩的体内涌动。这情报肯定不简单,背后大有猫腻,可能跟武器相关,而且是让诺尔感到棘手的重型武器。哪里有这种货,哪里就有大量的科技物品和遗物可以回收,进而从中大赚一笔。

诺尔保持着一贯的谨慎,她没有大声说话,而是抬起爪在一张纸片上写下了几个字,递了过来。

芮恩接过纸片,扬了扬眉毛,"真的? "

诺尔耸耸肩。

"最好值这个价。"

向着搬运车走去时,凉风撩起芮恩的黑发,发丝遮住了她的脸。阴云悬在新泰恩市中心上空。随着白天让位于黑夜,城市亮起柔和的灯光。灯光是那么温暖,那么诱人,几乎让芮恩想找个地方扎根下来,从此过上简单的生活。是的,几乎。

"怎么说? "莉莎离开她倚着的引擎盖,声音中打着战,"那只老鸟今天过得咋样? "

芮恩朝这个年轻的伙计摇摇头，"记得下次套件夹克，莉莎。要不就在车里等。冬天是熬过去了，可这凉意还能持续个把月。"

"我受够这里六个月长的冬天了。再说，我在车外头待得不久，不至于着凉。"说着，莉莎匆匆钻进副驾驶座。

她还从没遇到过不愿意，或者不能与她沟通交流的人类和外星人。她长得不错，总是面带笑容，还有一头浓密到扎不起来的金色鬈发。这姑娘打小就懂得察言观色和利用美貌。要是谁不幸着了道，真把注意力放在莉莎身上，她躲在附近的弟弟尼克就会开始黑入那倒霉蛋的电脑系统。这对姐弟搭配默契，但两年前在阿莱利亚的矿业贫民窟里挑错了目标。芮恩没把他们丢给当地警察，反而给两人提供了工作。这是她近年来最明智的决定之一。

"这次报酬应该不错？"莉莎摆弄着供暖器，虎背熊腰的凯普钻进后座。

芮恩发动车子，"嗯，挺多的。咱们路上得打个弯再回去。"她开离泊位，汇入车流中，一边琢磨着该怎么把新消息告诉伙计们。大家在外头折腾六礼拜总算完成了上一单活，今天刚落地，甚至才刚把一个完好无损的静止力场发生器卸货给诺尔的手下。眼下肯定没什么事能比重返深空、在星系间反复跳跃更让他们反感。

车内陷入沉寂。芮恩能感觉到莉莎正盯着她，也知道接下来会发生什么。

"告诉我，你没那么做。"但芮恩的微微皱眉，证实了莉莎的怀疑，"噢，棒极了。简直棒极了。你答应过要放几天假的。"

"只是去拿个情报，我们不一定马上出发。"

莉莎抱着胳膊靠倒在座位上，气鼓鼓地吹开挡住视野的一缕头发，突然转身对凯普说道："她说'只是情报'。"她边说边比画了一个引号，"头儿的意思其实是咱们又得去卡西利纳航线上跑一圈了。真棒！太他妈棒了！"

"成。那我也不装了。"芮恩干巴巴地说，她清楚莉莎肯定对接下来那半句话有反应，"我们去见劳斯。"

见莉莎眼中腾起凶光，芮恩费了好大劲才没笑出声。要看透莉莎可太容易了。这姑娘身手敏捷，年轻气盛。她就像芮恩一直想要的那种小妹妹，甚至比她以前幻想过得更好。

后视镜里的凯普咧开了嘴，芮恩也回以笑容。

凯普·塞拉斯为人正派，冷静随和，而且有能干体力活的发达肌肉。除此之外，他还熟悉已知宇宙里的每一种飞船型号，几乎称得上"活数据芯片"。作为工程师，他无可挑剔。到目前为止，芮恩对这个新员工非常满意。

新泰恩最糟糕的廉价酒吧位于城南郊区一栋平层零售商场后面。这地儿残破老旧，供电不稳，里头也一团脏乱，但停车场里永远一堆车，酒客也是络绎不绝。

"这地方看起来……有发展潜力。"下车时，凯普有些不确定地说。

来到酒吧前门，凯普停下脚步，瞪着钉在门上的标牌——小鸟酒吧。"开玩笑的，对吧？"

可惜，答案是否定的。走进酒吧，陈年朗姆酒的气味扑面而来，但更让芮恩讨厌的是那种麝香粉的刺激性味道。它刺灼着芮恩的鼻腔，卡在了她的喉咙里。

"上帝啊。"凯普咕哝道。他还是第一次见到天花板边缘密密麻麻地挂着鸟笼的场面。鸟笼里关着数以百计的鸟儿，羽毛是红日和蓝天的颜色。这些让劳斯痴迷的动物很早以前就占据了这栋建筑, 但酒客们似乎并不介意。

小鸟酒吧里的顾客和平时没什么差别: 一群人类, 其中多数坐在吧台边; 齐格亚尔人占了墙边几张桌; 两个圣赫利人待在远处的角落里。

芮恩向酒吧后门走去, 劳斯的办公桌就在门边。酒吧的灯光下, 她和一个酒客认出了彼此。

带着迷离的眼神, 科特雷尔从吧台高脚凳上滑下, 他用欣赏的目光打量了芮恩一番, "宝贝儿, 你回来啦。"

"我不是你的宝贝儿, 科特雷尔。"已经重复上百次了。

科特雷尔露出色眯眯的笑, "噢, 你可真是秀色可餐。姑娘, 我可太高兴了。妈的, 我从没见过穿工装还能这么漂亮的妞。我都差点忘了你有多骚——"

愤怒攫住芮恩只用了一个瞬间, 她根本来不及思考, 身体就先做出了反应。

科特雷尔的喉咙里发出了令人愉悦的咯咯声。他脏兮兮的脖子被芮恩紧紧勒住, 充了血的眼珠向外凸起。

该丢下他办正事了。

换作平时, 芮恩已经这么做了。但他居然说了那个词……

芮恩勒得更用力了些，"你还有什么要说的，科特雷尔？"他摇摇头，芮恩便说，"下次我再来这儿……我不想……你问候一句'嘿，船长，你好吗？'就行了。"

"当然，当然。听你的。"科特雷尔艰难地说。他显然吓坏了。

科特雷尔只会吠叫，咬不了人。芮恩知道这点，可是……

性格鲁莽、易怒、充满攻击性……过去的她得到这样的评价并不令人意外。但她已经很久没有怒火攻心了。一般可不是由她来当这个狠角色，问题在于科特雷尔说错了话，而那个词瞬间唤起了芮恩对另一家酒吧、另一个时间的记忆。它们冲进她的脑海，比闪光弹还要快。

和爸爸共进晚餐。

和往常一样，妈妈本来不愿意带她一起，不过吉莉安主动邀请了她。吉莉安风趣又漂亮，芮恩很喜欢她。走进酒吧，让年仅五岁的芮恩心脏跳动不已，能又一次见到爸爸，她又紧张又兴奋……

但等在餐厅的不是爸爸——而是那个可怕的中尉。他醉醺醺的，眼神迷离，对吉莉安说了些下流的话。芮恩听不太懂，但肯定都不是什么好词。接着，中尉的目光瞟到了芮恩身上，说她长大后肯定特别骚……这句话激怒了吉莉安,她冲向对方,但很快被按在墙上,喉咙也被前臂顶住。芮恩从来没有这样害怕过。

她害怕极了。

就在这时,爸爸突然出现在餐厅里,犹如"复仇天使",接下来的场面,就像爷爷常说的——全他妈乱套了。

"头儿。"莉莎压低声音,戳了戳她的肋骨,"芮恩。"

芮恩眨眨眼,这才意识到自己已经离开吧台,站在了劳斯桌前。当然,劳斯也在看着她。那深沉、甚至近乎圣人的目光芮恩再熟悉不过了,只是这次她感到非常尴尬。

她清了清嗓子,对老人勉强一笑,然后倾身向前。劳斯划拉了几下手上的数据板,把它从桌子对面推了过来。芮恩熟练地检查了一番屏幕数据,"就一张照片?"

劳斯点点头,"显然是一条船。至于是什么样的船——"他耸耸肩,靠回椅背上,眼中光芒一闪,"还有待观察。把它找出来是你的工作,拾荒人,不是我的。我的报价是四万信用点,外加销售额的百分之二十五。"

劳斯不太懂讨价还价,但他至少尝试过了。芮恩的注意力又回到那张模糊的图片上。人们很容易把它和周围那些从雪中露出的、形状尖锐的灰色岩石混为一谈。但对训练有素的人而言，那些线条代表了截然不同的东西。"一万，十个点。"

劳斯盯了她许久，芮恩咬紧牙关，忍住不笑。"三万，二十个点。"他显然对自己的开价很满意。

芮恩把数据板滑了回去，"那条破船年代挺久，没准二三十年前就被人清过一遭。要是地点不好，可能花销比收益还大，我还得往里搭钱。一万。"她揉揉脸，装出陷入思考的模样，"不过，我可以在抽成上让点利……十五个点如何？"

"一万，外加十五个点。"劳斯想了大概有一分钟，慢慢点头，"我明白你的难处。那地方很远……行吧，船长，那咱们就定了。"

芮恩把车开到飞船"黑桃 A 号"停泊的机库附近，一行人爬上一段楼梯，坐电梯抵达 E 层。

"黑桃 A 号"是艘漂亮的飞船。这艘外表光洁的水手级运输船从建造到启航用了七年，它搭载的各种花哨装备使它在同型船只里显得独一无二。芮恩不清楚船员怎么使用各自的薪水, 反正她把每一次任务赚来的每一分钱, 都投到了下一次任务的筹备工作和"黑桃A号"上。她的先进被动式传感器阵列、军用级折跃引擎、两翼的螺旋融合引擎、六个推进器、反探测组件, 以及强化过的导航和通信系统——这是尼克那天才技术的造物——都令人骄傲。这条船几近完美, 当然, 也许还能再装个聪明的AI……

"你们肯定猜不到我们要去哪儿!"莉莎喊着跳上卸货斜坡, 冲进飞船货舱。

芮恩跟在她身后进入飞船货舱, 向舱梯走去。卡德坐在比她高一层的狭窄步道上, 正在维护滑轨系统。见芮恩抬头, 他停下了手头的工作。"十五分钟后来食堂跟我碰头。"芮恩说。卡德浅浅地点点头, 继续手头的工作。

这就是卡德。稳重、可靠, 工作一丝不苟。这种人话不多, 但他要是开了口, 那你最好认真听。作为前陆战队成员, 他为飞船上的小团队带来了秩序和效率。当芮恩要全力以赴促成行动时, 他往往是那个提出理智建议的人。

十五分钟后, 船员围坐在餐桌前, 等着芮恩开诚布公。他们可能会抱怨没享受到假期, 但说到底, 大家都和芮恩一样, 觉得有钱不赚的才是王八蛋。

"我们要找的船很大。"芮恩说,"我猜是条旧货舰,可能是军队的。具体什么情况,等找到了才清楚。如果那宝贝还没被人发掘过……"

"那就赚大发了。"尼克歪歪嘴。他靠在椅背上,细长的手指枕着后脑,"这谁忍得住。"

凯普没尼克这么信心十足,"除非它是军队的货舰。"他抬眼望着芮恩,"对吧? 我是说,按照 UNSC[①] 的救助规定——"

"那套流程我们很熟。"莉莎翻翻白眼,打断了他,"报告发现,领取赏金,由军方打捞人员接手,诸如此类的屁话。搞笑的是,他们还真以为我们会在乎。当我们需要 UNSC 帮忙时,这帮老爷在哪儿呢? 等事情过去了才冒出来,以为当地人会被强大的地球部队吓得瑟瑟发抖。"她哼了一声,慢慢地坐回去,"做梦!"

"这是个边境殖民地,凯普。"尼克补充道,"你也知道,他们没办法,也不会尝试控制一切。说实话,这些日子他们能管理

---

① 光环世界里的 UNSC(United Nations Space Command)全称为"联合国太空指挥部",是集科研、探索以及军事于一体的人类最高殖民权力机构,受地球联合政府 UEG 直接管辖。

好剩下那些殖民地就谢天谢地了。我们能找回这些货,他们应该感恩戴德才是。"

卡德双手抱胸,仰坐在椅子上,像往常那样超然于讨论之外。他不像莉莎和尼克那样厌恶 UNSC,但军队和战争同样给他带去了困扰。他从陆战队光荣地退伍,但重返社会的过程并不顺利。毕竟,他曾经称之为"家"的地方,只剩下了熔融后的玻璃晶体。一平方公里接一平方公里,延绵无尽的玻璃……

芮恩迎上了他阴郁的目光。曾几何时,他们也像莉莎和尼克那样热心于讨论战争和政治,但当上拾荒人以后,两人的心态逐渐变化。到最后,唯一一件能让他们关心的事情,就是他们自身的福祉,除此之外,都是指望不上的过眼云烟。

"UNSC 对绝大多数的拾荒人置之不理。"芮恩接过话茬,"我们不是走私犯。我们回收科技产品、材料和小型军火,不管它们属于 UNSC、星盟,还是民间组织。"雇佣凯普时,芮恩和他谈过这事情,也许她当时说得不够清楚。"我们不会把重型武器和大规模杀伤性武器拉到市场上销售。任何愿意去清算公司买回他们产品的军事组织都受到欢迎。我知道 UNSC 在新泰恩有个仓库,专门用来存放买回去的物品。可能通过拍卖回购,比派他们自己的侦察员和打捞人员出去干活便宜……重点是,无论如何我们都能赚到钱。假如那残骸属于军方,而且有数据核心或者核武器之类的,相信我,我会上报的。"

"这是份好工作,凯普。"卡德说道,"甭担心了。船长讲公平,我们待遇不错,至少比这地方的大多数人过得体面多了。"

"我入伙前调查过她。"凯普答道,"不然也不会在这儿。"他挪了挪椅子上的屁股,目光转向芮恩,嘴角露出一丝微笑,"声誉良好,任务成功率高达百分之八十五,拥有附近最好的打捞船……作为对一个来自地球的三十二岁的军队子弟,成绩不赖。"

"马屁精。"尼克捂嘴咳嗽了一下。

芮恩不觉得自己算什么军队子弟,但也懒得反驳,只是耸耸肩,"新来的,想靠拍马屁多捞点好处?"她其实不怪凯普对她做了背景调查;她也了解过这个新人的来头,而且程度之深,肯定超乎凯普的想象。

"所以,我们的目的地在哪个星系?"卡德问道。

"艾克泰努斯 45。"芮恩倾过身,摁了摁桌台中央的小平板,展开全息星图。她放大星系,直到一颗巨大的蓝色行星映入眼帘,"我们会绕过这颗行星。它无人居住,所以不用担心……"

她微微调整, 把画面定焦在行星的卫星上, "这就是要去的地方, 伊若。它被潮汐锁定于这颗行星, 狭窄的晨昏环附近存在一个小型殖民地定居点。目标位于卫星暗面, 离晨昏环约五十六公里。我想不出有哪个位置比它更好——因为太冷, 不适合殖民活动; 但离晨昏环又不会太远, 咱们的御寒装备够用。按照劳斯的说法, 那个殖民地拥有一颗通信卫星、两艘运输船和非常薄弱的防御火力。只要保持好距离, 就不用担心擅闯领空的问题。对方不会发现我们的。我们有充足的工作时间。"

"它位于近地殖民圈远端, 是边境星系, 离我们常跑的线路很远……"卡德若有所思地说。他在椅子上向前探身, 全神贯注地看着星图, "你确定要去?"

卡德抬起头。芮恩对上了他阴郁的目光。这个人经历过战争, 比任何人都清楚冒险的代价。他们要在陌生的星系中折跃, 而寻找的物品会引来战斗与杀戮。"是的, 我确定。"芮恩说, "这会花上些时间, 但它值得。"

经过高强度的锻炼, 以及与卡德之间更加高强度的拳击训练, 芮恩冲了个澡, 穿着便服, 膀上挎了条毛巾返回住处。她的肌肉因疲乏而颤抖。她又一次把自己逼到了极限。为了压抑心魔，她已经习惯了这种做法。

她坐在小桌前，茫然地望着虚空。

心魔依然在。而且比以往更强大。

一个小时前，他们离开威尼西亚空域，开始折跃。从劳斯的数据板上看过那张模糊的照片以来，她第一次有了思考各种可能性的闲暇。

她抹了抹脸，疲惫地叹息。她还要折磨自己多久？她还会被往日的阴霾纠缠多久？

似乎看不到尽头。

从六岁起，她就一直在寻找那些鬼魂。当时爷爷让她坐下，告诉她爸爸再也回不来了。他只说了这句话。但芮恩觉得好像……有什么东西丢了。爷爷到底说了什么？他到底是什么意思？在儿童听来，这些话几乎莫名其妙。银河系里有多少家庭也这样被拆散了？父亲、母亲、儿子、女儿。战争的伤亡如此巨大，MIA 和 KIA[1] 的列表长到无法想象。

---

[1]MIA(Missing in Action)和 KIA(Killed in Action)：军事术语，意为"在行动中失踪"和"在行动中死亡"。

你该如何埋葬一个消失的人？你该如何哀悼？如何走出这一切？

她的家人、儿科医生、心理医生的声音在她脑海中回响。他们给她的痛苦贴上了各种标签，诸如儿童精神创伤，创伤后应激障碍，焦虑。

她是如何哀悼的？

用她的职业，用她的一生，去填补童年的缺憾。

拾荒人。

芮恩摇摇头，虚弱地笑了笑。

拾荒人。她的一生都在不断找寻，不断前进。她从一个星系前往下一个星系，从一颗星球摸索到另一颗星球。她日复一日，年复一年地寻找一艘幽灵船。不知何时，这种找寻变成了习惯，直到她的工作仅仅是一份工作，一种生活方式……

芮恩已经有段日子没想起他了。

她打开抽屉，拿出全息相片框，放在桌子中央，打开。

他就在那里。

他神气活现的表情总能让芮恩展露笑颜。哪怕她已经长大，他的魅力依然不减。他是她的英雄，她的守护者。这个强壮、能干的男人，是典型到不能再典型的陆战队队员。

芮恩深深地吸了口气，把相片摆回桌内。抽屉里还有块数据芯片，储存了他传给她的所有信息。偶尔需要折磨自己时，芮恩会听听那些录音。

但今天已经够了。

二

伊若，艾克泰努斯 45 星系。

"黑桃 A 号"悬停在伊若暗面的同步轨道上。这里隐约可见晨昏环，它如同灰蓝色的薄雾，勾勒出卫星的轮廓。

"找到目标没，莉莎？"

"那是当然了，船长。我还拿到了温度指数。你们准备好没？"

通信台前的尼克转过身，他盘坐在椅子上，"你是说准备好把蛋蛋冻掉？还是饶了我吧。"

卡德咕哝一声，表示同意，"说一下温度。"

"零下五十华氏度①。"

"哎哟。"尼克做出一副沮丧的模样。

"晨昏环内是温暖的七十五华氏度②,大风。"莉莎没有理睬尼克。

"莉莎和我负责着陆。"芮恩下令,"剩下的人去更衣间换好衣服。"

尼克站起身时,莉莎转过椅子看着他,"别忘记防寒耳套,小弟弟。"见尼克在身后比出粗鲁的手势,她哈哈地大笑,接着继续手头的工作,"风势很凶。"

"黑桃 A 号"进入大气层时,芮恩在主舱监视进展,同时留神着年轻驾驶员莉莎的操作。莉莎能从每次任务中获得经验,提升水平,很快芮恩就能更多地倚靠她了。"调整推进器,尽量朝目标直线前进。"

越接近地表,"黑桃 A 号"就晃得越厉害。

直到距离地表一公里时,飞船才稳定下来,但落点离目标偏移了两公里。

---

① 约为零下四十五摄氏度。
② 约为二十四摄氏度。

"抱歉，头儿。"

"风那么大，你干得很不错了。现在修正航线，让咱们回到正轨。"

输入完坐标，莉莎在位子上微微起身，以便更清楚地看到下方的地形和要寻找的残骸。"雪还挺大，对吧？残骸肯定埋在雪里。"

随着船只继续下降，芮恩清楚地看到了残骸的外形。它以三十五度角伸出积雪，船壳的上方和船身设计的凹陷处堆积着冰雪。

"黑桃 A 号"启动反冲推进器，缓缓降落在庞大肃穆的金属巨物前。下降过程中，残骸逐渐填满了视野。当残骸翼尖的标志在冰雪中升起时，芮恩感到一股凉意顺着脊柱往下蹿。哪怕只看到了一小部分标志，你也绝不会错认：联合国太空指挥部，UNSC。

不是他的船。

轮廓完全不对。

莉莎陷入沉默。更衣间里那些家伙也不再聒噪，尼克肯定启动了视讯转播，所以他们也看到了这些。

战争影响了所有人的生活。他们都经历过失去,都带着往日的伤痕……

回想起来,芮恩才意识到战争对儿童来说是多么奇怪和超现实。它带来了困惑、混乱和沮丧。尽管家人试着恢复正常生活,假装一切都会"好起来"。

可她小小的脑瓜已经明白,消失的爸爸再也不会"好起来",整片被熔为玻璃的殖民地也再不会"好起来"。

愤怒和矛盾同时根植于年幼的芮恩心中。她痛恨军队,因为他们拒绝透露爸爸的消息;与此同时,她又为爸爸,以及其他那些身赴前线的士兵感到骄傲。为了人类这个物种的存续,他们前仆后继,不惜牺牲生命。

望着眼前的残骸,芮恩意识到她并未真正与过去和解。她就像秃鹫,会把这艘漂亮战舰的内里吃干抹净。她为此感到有些内疚。可这就是她所选择的道路——战争已经结束,而人们必须活下去。只是有些时日,她会难以区分事情的对与错。

她胸口发紧。又一个污点,又一项罪业。

"六十秒。"莉莎小声地倒计时。

芮恩熟练地操作控制面板,"起落架展开。"

"船长？"

是卡德的低沉喉音。

莉莎关闭飞船系统的同时，芮恩把"黑桃 A 号"的控制权转到了腕戴电脑上。"收到，卡德。"她答道，接着起身跟莉莎离开舰桥。

"你打算怎么处理？"卡德清清嗓子，"如果发现遇难人员。"

莉莎在楼梯上停下脚步，双手扶栏扭头瞥了眼芮恩：那一刻，她看起来不像二十二岁的大姑娘，倒更像小女孩——见惯了生与死的小女孩。

尽管干着拾荒的行当，可他们很少见到尸体。见着的那几次也就三两具。行规和法律没有明确规定该怎么处理。然而她是船长，船员们都希望她能做出正确判断。

"我们先四处看看，然后再做决定。"

她也许是头秃鹫，但不至于没心没肺。而且，她一点儿也不喜欢在墓地干活。

过渡舱很早以前就被改叫为"更衣间"，这里储放了一系列让人过目难忘的服装，能应付任何已知的天气和地形。芮恩从船员身旁经过，来到自己的储物柜前，拿出防寒服。

穿戴完毕，她套上头盔，在通信频道里确认船员情况。应该有四个人报告就绪，但她只听到了三声。"凯普，你没事吧？"

"稍等。"卡德说道。他抓起凯普的手腕，输入一系列指令，向凯普展示他该如何连入其他船员所在的通信和 HUD 频道。"视讯输入有了吗？"卡德问道。

"有了。卡德，多谢。"

卡德点点头，在尼克经过时拍拍他头盔，"小子，这次没忘记等离子切割机吧？"

莉莎带凯普来到搬运车前，教他怎么启动车辆，激活重力板。等到所有人都配好车，带上工具包，他们就准备出发了。

只见气闸打开，机库门缓缓落下，风雪瞬间涌了进来。"好了，伙计们。是时候去找点值钱货了。"

"嘿，卡德，这让你想起过去了没？"尼克突然问道。

蠢问题。要是离得够近，芮恩肯定会踹尼克一脚。好在她有莉莎代劳。

"哎哟。干吗啊？你知道他以前是当兵的。"尼克哼唧道，"我就问问。"

"是的。"卡德在通信频道里平静地回答，"这勾起了我的回忆，小子。"

"你就是个白痴，尼克。"莉莎嘀咕。

他们离开飞船，来到残骸前。这条舰船的体积之庞大，让所有人都陷入了沉默。芮恩甚至忘了呼吸——她从没见过这样的东西。

"我知道这是什么船。"凯普的嗓音充满敬畏之情，"翠鸟级巡洋舰。"所有人都转头看着他。

"你确定？"芮恩用平板电脑扫描船壳，等待系统分析。

"不用扫。"凯普说道，"我小时候有模型。真没想过能亲眼见到它。"

"尼克，检查辐射状况，最好现在就确定它有没有核武器。"

"明白，头儿。"

"至少我们不用担心引擎部分。"凯普指向船只露出地面的部分，"它们没了。"

"没任何读数。"尼克报告，"这老姑娘可能在天知道的哪场战役里把弹药打光了。"

"我们从那边的缺口进去。"芮恩带队向前。

他们绕行残骸，发现那破口犹如张开的巨嘴。"这可不是什么缺口。它被切成了两截。"尼克说。

"以这船的大小……"凯普思忖了一下，"这块残骸只有船体的四分之一大。也许吧。"

"看船壳，"莉莎说道，"没有锯齿状裂口。"

"等离子武器。"卡德解释道，"那东西能烧化金属。它就是被这么干掉的。"

"所有人调出行动安排表，确认工作流程。凯普和我去舰桥，看看通信、导航和武器控制系统还剩多少。卡德，你找找军械库。这条船估计有好几个，舰桥边上应该就有一两个。莉莎和尼克负责医务室和冷藏室。"

这条船坠落时应该在地表留下了巨大的伤痕以及数层崩毁的甲板，但它们已经被几十年的风雪覆盖了。在芮恩看来，一行人就像闯进了巨大的洞穴。

芮恩和凯普在残骸里绕来绕去，走了几次回头路——她用传感器进行了标注——四十五分钟后终于找到了舰桥。到目前为止，他们还没有发现遇难者。

"当时他们可能已经弃船了。"凯普道出了芮恩的想法。

但不管有没有遇难者，她都得上报。船员们的家属理应知道发生了什么。

"防爆门关上了。"走向舰桥时,凯普说道,"这条船是'罗马忧伤号',船长。"舱门附近的控制面板上印着船名和船徽。

"你听到了吗,尼克? R-O-M-A-N,空格,B-L-U-E。"芮恩说道。

"我搜一下。"尼克回答。

凯普转向芮恩,"接下来呢?"

"卡德,军械库进展?"

"稍等……有了。看起来东西挺多。"卡德走动时的呼吸声通过通信频道传来,接着是金属相撞的若干巨响。"铝热剂……防弹装甲……喷射背包。一些轻型武器,包括步枪。也有重型武器。"

"把重武器留给军方,带走其他的。莉莎,你那儿怎么样了?"

"不赖,船长。和别的船差不多,医务室里有些不错的SFG^{①}和医疗泡沫,但损坏的也不少。我等一下去检查检查药物储藏处。这鬼地方天寒地冻,一部分货可能还有救。"

---

① SFG,无菌场生成器,是光环世界中的便携医疗设备。它使用对人体无害的微弱辐射来照射伤口附近区域,杀灭可能导致感染的微生物和细菌。

"尼克？"

"冷藏室损坏得厉害，地方倒是很大。我们可以带走部分空投舱——它们中的一些应该发射出去了……控制面板完好无损，我要看看还能找到什么。哦，关于'罗马忧伤号'，网上压根儿就没人讨论。它是条幽灵船。"

"凯普，你去尼克那里帮忙处理空投舱。"

凯普犹豫了一小会儿。HUD 发出的幽光照亮了他的脸，"你会报告的吧？"

凯普的目光让芮恩不太舒服。他好像在居高临下地评判她，"当然，新人，我会报告的。"

他低下头，沿走廊离开。芮恩目送走他。是的，她当然会报告。不过她怀疑 UNSC 到底有没有把新的消息告诉罹难者家属。这是自找麻烦。死者长已矣，何必重揭伤疤？

但总有些人和她一样，犹如被禁锢在了时间中，一生都在怀疑，都在找寻……

她走进这条船……就像走进了爸爸服役的那条船。

芮恩迫切地想要了解更多情况，于是告诉船员："我去船长室看看。"

哪怕所有人都选择淡忘，她也不愿意。战争已经结束，没有理由继续隐瞒"罗马忧伤号"的安息之地了。等上报完毕，她会给 UNSC 留出足够的时间来回收遗物，然后将这情报公之于众。

穿过扭曲的金属门框，她进入船长室。

这是个再典型不过的船长室——包括起居和用餐区、私人浴室，再加两间卧室。这里碎渣满地，就好像曾经有一只巨手抓起舱室，使劲晃了晃才把它放下来。芮恩的靴子在金属和玻璃碎片上嘎吱作响，而风从隔离墙上方的破口穿过，不断呼啸。

地上的相框吸引了芮恩的目光。她拾起它，扫落玻璃碴。照片中，相拥的两个男孩扭头看着她。

芮恩放下相框，朝翻倒的桌子走去。它连接的一些线缆已经被扯断，不过通信线依旧顽强地伸进了地板。芮恩扶起沉重的桌子，检查桌面的巨大集成屏幕。屏幕已经碎了。她拆开面板，寻找数据芯片。

有了。

芮恩将数据芯片接上自己的腕戴电脑，只见一张日期表单从投影屏幕顶端滚落。这是船长日志，作者威廉·S. 韦伯，最新一条是 2531 年 3 月 10 日。

"操。"芮恩膝盖发软,她不得不扶住桌子以免摔倒。

她最后一次听到爸爸的消息也是在 2531 年初。

有船员在通信频道问她是不是遇到了麻烦。

"啊?噢,没事。我没事。只是……磕到脚了。"她随便编了个借口。

等通信频道重归安静,她点开了日志。读取这种 UNSC 资料的机会,她大概再不会遇到了。

要是有线索就好了。哪怕只有一点点。

船长日志:2531 年 3 月 10 日

出现在屏幕上的人身形瘦削,举止得体。他目光憔悴,额前爬满皱纹,浅色的头发已显出花白。他似乎遭遇了大麻烦,一副听天由命的模样。按照惯例,他先报了自己的姓名和军衔,接着一五一十地陈述了当天发生的事。

"……经过一个月的整修,我们重回舰队。胡德船长被暂时调任至'伯灵顿号'护卫舰,负责舰队支援任务,本舰目前由我接管。我相信他很快会重返前线。形势所迫,我们需要每一位人才。舰队上将非得要我亲眼看他是怎么怒斥船长的，那真是……十分严厉，但那是他应得的。"他摇摇头，显然为此事感到苦恼，"船长违抗命令，在阿卡迪亚星近旁与'光芒之智号'交火，简直鲁莽加愚蠢。他根本打不过那艘驱逐舰。如果胡德遵守命令，只是回收信标并离开……"船长的肩膀往下沉了一些，"结果信标丢了，被敌人的驱逐舰打捞了……"这个承受着千斤战争重担的人重重地叹了口气，"愿上天眷顾'火灵号'的船员。愿他们能找到回家的路。"

芮恩头晕目眩，忘记了呼吸。她跌跌撞撞地向后退去，一屁股坐倒在废墟中。

她双目刺痛，大口喘息。她的脉搏剧烈跳动，心脏的搏动犹如耳畔擂响的巨鼓。

混乱中，她听到了说话声，是船员们。他们肯定听到了动静。尽管依然不知所措，芮恩还是在肾上腺素的作用下一骨碌爬了起来。

就在芮恩闭上眼试图恢复冷静的当儿，船舱突然开始剧烈颤抖。她被抛向前方，径直撞在桌上。芮恩的胯骨一阵剧痛，与此同时，震耳欲聋的金属声回荡在"罗马忧伤号"内部。

她顾不了那么多，飞快地拔除腕戴电脑上的数据芯片，把它塞进裤袋。这是她多年来所寻获的最珍贵的宝藏，要是丢了，一定追悔莫及。

"这他妈咋回事！"她冲着通信器大喊。

船员们七嘴八舌地回答，频道里一片混乱。

不过卡德的音量盖过了其他人，"是炮击！有人在朝这条船开火！"

就在这时，又一枚炮弹命中了"罗马忧伤号"。金属的震颤中，芮恩意识到船长室的地板下陷了数厘米。该死，这里撑不住了。

她尽全力冲向房间入口，从来时的破口钻出，而船长室地板几乎贴着她后脚跟塌陷了下去。芮恩收不住脚，结果滚过走廊，咣地撞在对面墙上。她爬起身咆哮道："妈的，这帮崽子要是碰了我的船，我非要他们吃不了兜着走！大家快撤！快！"

芮恩在破烂的走廊里狂奔，心不断往下沉，因为她清楚自己离"黑桃A号"最远，是撤离行动里最薄弱的环节。她的船员彼此相隔较近，能比她快至少十五到二十分钟离开，而现在每分每秒都至关重要。"你们先回'黑桃A号'，路上保持静默！

上了船立刻起飞！"

"我们不可能放弃你。"卡德的语气不容置喙，"绝对不可能。"

"好意心领了——"芮恩一边回答，一边躲开天花板上掉下来的金属板，"——但如果'黑桃A号'被干掉，就他妈全完了。"她挺起胸继续奔跑，"我照顾得了自己。你知道的。卡德，我们以前干过这种事，次数多到数不清。我安全了就给你们发联络信号。"

通信频道里反对声吵成一团，芮恩不得不破口大骂，要这群家伙把脑子拎清点儿，干好自己分内的活儿，救回她的船。

终于，通信频道安静下来，只剩下芮恩沉重的呼吸声和金属丁零咣啷的响声。

"妈的，弗吉。"听到卡德打破沉默，芮恩忍不住笑了。他只有真生气时才用姓氏叫她，"我等你信号。"

"到时候就指望你了。"

她不会放弃。

她才刚刚找到一丝线索，绝不能死在现在，死在今天。

那不仅仅是线索。想到这儿，芮恩居然有些歇斯底里地笑了起来。她知道该上哪儿去寻找那条该死的船了。

"火灵号"……我来了。

爸爸……我来了。

第二章　生而为女

三

伊若，艾克泰努斯 45 星系。

又一次晃动，炽热的冲击波穿过"罗马忧伤号"，芮恩的 HUD 频繁闪过高温警告。她听见了金融熔化的呲呲声。UNSC 巡洋舰残骸在受到炮击后，现在又遭受着等离子武器的攻击。

这可不是每天都见得到的。

这些年来，芮恩无数次设想过自己会如何死去，但"被等离子武器烧成渣"并不在死法清单上。

再过几分钟，她的防寒服会变成潜在的致命牢笼：它的设计无法抵御外界高温，恰恰相反，它的功能是保温。再不离开

"罗马忧伤号"，她就可以把"烤熟"加入死法清单里了……当然，前提是下一轮攻击没直接要了她的命。

芮恩听到廊道回荡着的诡异响声，金属开始起泡、呻吟，墙面和地板逐渐塌陷。接着，整个支撑结构开始扭曲，脚下的步道朝右侧不断倾斜。

她向前疾冲，脉搏突突跳动。她仿佛身处一座迷宫，这座迷宫由扭曲钢铁所铸，不断变化，而她在其中腾跃、躲避。

还剩一条走廊的路程。

就在拐角处，芮恩打了个滑，她下意识地伸手去抓护栏，不想那破烂的金属条居然整个从舱壁断开，让她撞向对侧的墙。她仰起的脑袋重重磕在墙上，巨响与嗡鸣在耳畔回荡。芮恩瞥了眼 HUD，发现头盔裂了道口子。她的头盔由钛纳米复合纤维与镀层编织而成，谢天谢地，损坏的只有最外面那层。

"罗马忧伤号"向右倾翻的态势越来越明显。芮恩竭力冲刺，在防寒服能承受的极限范围内跑下损坏的楼梯井，同时计算着每迈出一步所用的时间。她清楚等离子炮需要时间充能，之后才能再度开火。

最后的那段阶梯，芮恩没有一步步行进，而是纵身一跃。

她重重地落地,随即奔向穿透了废墟的阳光。身后,那段楼梯井颤抖着慢慢倒下。

卫星严寒表面的苍白反光令人目眩,但还没到看不清前方情况的地步。几米开外,船甲板消失在空中,但芮恩没有放缓脚步。不管会落到哪里,眼下最紧急的事肯定是离开船骸。

只要下面是陆地,她就会继续奔跑,离"罗马忧伤号"越远越好。

来到甲板边缘,她毫不犹豫地跳起。

往好的方面看,这里只有一层楼高。

至于不好的方面,则是她穿的装备太过厚重,无法在下落过程中控制姿势。大地和积雪仿佛向芮恩扑来,狠狠地扇了她一巴掌。芮恩的前额撞上了HUD投屏,顿时眼前一黑。她无法呼吸,血液从她咬破的唇里流进嘴巴,耳边则是蜂鸣的警报声。

她呻吟着翻过身,连着眨了好几下眼恢复视力,发现HUD苟延残喘地闪烁着,周围还有云升起。

不,不是云。是从她装甲上升起的蒸腾水汽。芮恩咧开嘴,艰难地笑了。她差点被活活烤死。

在舰内军械库的爆炸和等离子束的轰击下，许多燃烧的碎片和融雪被抛向天空，化作夹杂着金属块的诡异冻雨落下。那些雨点撞击她头盔的叮当声，和更大的碎片落地时融雪的啮啮声混到了一起。芮恩挣扎着站起，掸落装甲上的余烬。

HUD 自检恢复时，云层中亮起了淡淡的紫光。芮恩清楚那意味等离子炮即将开火，于是不顾浑身的疼痛，跌跌撞撞、头也不回地在夹杂着冻雪的泥地里奔逃起来。

她把注意力放在了大约两百米外的一块凸起岩石上，但跑得越久，那岩石似乎越显得遥不可及。别把卫星玻璃化。别把卫星玻璃化。一想到过去这种事真的发生过，芮恩心头便升起一丝恐惧。她不知道到底谁攻击了"罗马忧伤号"，他们又有什么样的武装，她只能拼命祈祷，希望等离子束瞄准的只是卫星上的单个目标，而不是整颗星球。

她想立刻打破通信频道的沉默，呼叫"黑桃 A 号"，但那只是她心中焦虑、恐惧的部分在作祟。她心中理智的部分判断，如果对方的目标是毁灭整颗卫星，等离子束的强度一定更高。完全没有必要先摧毁残骸，再毁灭地表剩下的部分。

芮恩的肺部和喉咙火烧火燎，大腿小腿酸痛难忍，只能踉跟跄跄地小跑。即便如此，她也终于绕到那凸起岩石的后面，找了处缝隙钻入其中。这里和"罗马忧伤号"内部不一样，没有钛 –A 镀层来承受爆炸的冲击，也没有墙壁、甲板和其他金属来吸收、缓解热能。

透过窄缝，芮恩望着开阔的雪原，希望这不是她在人世间看到的最后景象。

紫光闪现，接着，整个世界都被染成白色。

然后是轰鸣、翻滚的热浪。

装甲内部炽热难耐。飙升的温度和 HUD 闪烁的警告让芮恩头晕目眩，她干脆关掉了视讯和音讯系统，闭上眼祈祷。

等芮恩睁开眼，她发现刚才所见的景象已经消失了。取而代之的是一条条瞬间冻结的冰柱，它们挡住了出路。芮恩踢断冰柱脆弱的底部，从石缝中挤出，离开藏身之所。地面冰结，但她扶着岩石慢慢绕到岩石侧旁，好好看了眼"罗马忧伤号"。

或者说，它剩下的部分。

这艘 UNSC 巡洋舰变成了一堆冒烟的垃圾。支棱着的庞大金属框体，让人联想到热汤里的骨头。

残骸上空的云雾又一次变回了阴沉、肃穆的灰色。

芮恩靠着岩石如释重负地坐下,长长地舒了口气。他们的目标不是伊若,不是她,也不是"黑桃 A 号"。

她下意识地抬起手想擦脸,结果手套咣地撞上了头盔,这让她发出了一声尖笑。之前没注意,但身上淌下的道道汗渍现在让她痒得要死,她无比渴望脱掉装甲,好好擦拭一番。

不过渴望归渴望,芮恩并不是很愿意像周围的大地那样被瞬间冻结。她又望了眼天空。之前在那里的舰船大概已经远去。船骸被破坏成这样,没有理由派登陆小组来回收不存在的资产。

一群懦夫。

没有哪个体面的拾荒人会摧毁这样状态完好、利润丰厚的飞船残骸。拾荒人有自己的准则——虽然没有写成明文,还常常变来变去,但依然是准则。她的绝大多数同行都以此为生,以此为荣。

攻击和毁坏拾荒人同行事先声明过所有权的残骸,置他人的生命于不顾,甚至为了抢占利益而杀人……这是星盟战争的诸多后果之一。战后,银河系时局不断变化:星球恢复生机,殖民地从废墟中重现，政府再次掌权。混乱和攫取权力的场面司空见惯。

战争期间乃至战争刚刚结束那段时间，拾荒人就是一群疯子——芮恩也不例外。那是一段自由放纵的日子，谁动作最快，谁装备最精良，谁就说了算。好在随着时光流逝，加上几次代价惨重的流血事件，拾荒人群体恢复理智，采用了更文明的工作方式。事实证明，四处散落的残骸还有很多，够所有人生活。

想让"罗马忧伤号"和它携带的一切都灰飞烟灭，永远成为幽灵船的人，她能想到的并不多。

制造它的 UNSC，这是其一。

ONI[①]，这是其二。

其他任何一方都说不通。

她遭到其他拾荒人报复的可能性微乎其微。确实有不少拾荒人和她结下了梁子，甚至恨她恨得牙痒痒，但干这行的，哪怕伺机寻仇，也不至于连货物都一锅端了。

___

① ONI（Office of Naval Intelligence）是光环世界中海军情报局的缩写，其旧称为 UNSC 军事情报部。

她倾下身, 双肘搁在膝盖上, 检查她的腕戴电脑系统。氧气还能支撑她活动五十二分钟。船骸开始冷却, 它被烧熔的部分在卫星地表的积雪上留下了黑色的锯齿状痕迹。

除了一条关于她父亲的信息, 她原本可能寻获的其他线索都毁了……

想想就揪心。

尽管芮恩很想立马行动起来, 逃之夭夭, 但现在联络还为时尚早。发起袭击的飞船徘徊在附近的概率再小, 她也不敢轻举妄动。"黑桃 A 号"在这种敌人面前毫无胜算; 而假如失去了"黑桃 A 号", 她还当什么拾荒人, 自暴自弃去地球上找个旮旯摆摊得了。

"黑桃 A 号"不只是一艘飞船。它是她的驮马、她的家、她的避难所。最重要的, 它还能供她远行。有了"黑桃 A 号", 她就可以随时出发, 去航行、去狩猎、去探索……有了这条船, 整个宇宙都属于她。

她坐了下来, 耐心等待。

四

伊若，艾克泰努斯45星系。

"黑桃A号"降落到芮恩附近时，她的氧气储备还仅能支撑十分钟。这条船她无论看多少次都不会厌。水手级运输船的特点是船员少、载货大，却能给人留下凶猛、迅捷而优雅的印象。"黑桃A号"的深色烧蚀涂层，让它的轮廓比同型船只更为暗沉，更方便隐蔽。

这种涂层是昂贵的奢侈品，需要定期维护。好在"黑桃A号"不像那些军用船只，总是有数不清的弹痕和划伤等着处理。有能力制造民用隐身设备的科技公司屈指可数，但只要银行存款过得去，芮恩就会购买新设备来强化船只性能。她投入的每一分钱都会获得回报。有了新设备，"黑桃A号"才能参与那些更加……复杂的……回收行动。

"黑桃A号"的反冲推进器本该在芮恩身边扬起一场微型暴风雪，然而等离子束的高热和随后的冰结，使得整片区域都被冻上了。芮恩和船员们只进行了简短的通信，没多说什么。有那么多事情要想，她甚至连皮肤的瘙痒都顾不上。

一块小小的数据芯片，改变了一切。

卸货斜坡降下。走下来的那个船员身穿防寒服，戴着头盔，但不会叫人认错。从来人的面罩上，芮恩只能看到自己的倒影，但她清楚在钢化复合玻璃材料后面的，只可能是某个怒气冲冲的前陆战队队员。某个天生就不会抛弃团队任何成员的人。

卡德在芮恩面前停下脚步，看了看她遍布焦痕的装甲和损坏的头盔。他低沉的嗓音打破了通信频道微弱的静电杂音，"看看你穿的这身破烂，弗吉。"说完，他就顺着斜坡回去了。

果然，他生气了。

因为做事方法不同，她和卡德好几次争吵到差点打起来。可说到底，这是她的船。她宁可自己陷入危局，也不愿"黑桃 A 号"和船员们遇险。

"我们进来了。"刚走上斜坡，芮恩就急不可耐地解着手套固定带。气闸封闭后，她扯下手套，把它们丢在甲板上。"带咱们离开。"然后是头盔。

卡德脚不停步地走向更衣间脱装甲，芮恩则抬起手，用指甲刮擦发痒的脸。强烈的愉悦感游走在肌肤之下,渴望一下子得到了缓解。小小的仪式结束,她拾起手套和损坏的头盔,追上卡德。

把头盔扔进储物柜后,芮恩拉开防寒服拉链,让汗津津的身体接触凉爽的空气。她肌肉僵硬,身上有多处瘀青。她坐下脱靴,但左靴的鞋带已经完全烧化了。

"回威尼西亚?"莉莎通过舰载通话装置问道。

"不回。"芮恩撕扯鞋带,"尼克,找出最近的通信卫星。我们要连线它强化搜索能力,做点挖掘工作。雷达上显示附近有别的船只吗?"

"没有任何船只。"他答道。

"好,那就定条航线。"

防寒服脱了一半的卡德走到芮恩面前,抽出腰带上的小刀。他蹲下身,把刀刃插进芮恩烧化的鞋带下方,干净利落地切开。他平视了她一会儿。那是一双充满疑问的棕色眼睛。"你还好吧?"他问。

"还好。"

卡德起身收刀,回到他的储物柜前继续脱装甲。

芮恩终于甩掉了靴子,她恨不得把这玩意儿丢到过渡舱另一头。脱得只剩飞行服后,她把所有东西都塞进了储物柜,"我得冲个澡。所有人半小时后在休息室集合。"

温热的水帘下,芮恩的思绪飘向了"罗马忧伤号"。她爬进舰长室,找到数据芯片,发现代理舰长提到"火灵号"时的巨大冲击和熊熊燃烧的希望……真是令人亢奋。

但在她持续了一生的思索、质疑和寻找的过程中,这感觉不过短短一瞬。日志距今已有二十多年,答案很可能早已不在。这块芯片也许只能让人回忆起痛苦的过去,只是横跨银河的虚幻轨迹。

他们就在外边,露西。爷爷常这么说。这句话,她听了上百遍。

她还记得他最后一次说这话的情景。爷爷临终前,她在病床旁紧紧握着他的手。那是只瘦骨嶙峋的手,皮肤犹如皱巴巴的纸,却出人意料的结实。我知道他就在外边。我儿子就在外边。找到他,带他回家。我们做不到的事,你还可以做。

对十几岁的孩子来说,这担子重得可怕。但芮恩很了解爷爷。他并不是真的想让她背负起这责任；他只是希望能获得安慰，获得解脱，这样他才可以闭上疲惫的眼，安然长眠。

他死后，芮恩孑然一身。

她和妈妈向来不亲近。吉莉安姨妈几年前就离开了芝加哥，在悉尼一家律师事务所找到了理想的工作；后来，她葬身在了那里①……

爷爷的葬礼过后，芮恩打点行装，离开了家。

与其说是离开，不如说是逃离。芮恩去的地方，是征兵中心。

半个小时内，她三次经过征兵中心门口，但一直没找到她想要的那种感觉。老天爷啊，她可是弗吉家的人，应该认为参军天经地义，可她却觉得自己是个冒牌货。见鬼，爸爸十六岁就入伍了。他大概没有任何犹豫，直接冲进正门要求登记姓名吧。

可是芮恩始终没有感受到那股激情。

她走进街另一头的酒吧，一屁股坐在门边的凳子上，等着酒保注意到她然后踢她出去。她的内心天人交战。她并不渴

---

① 光环世界里，悉尼于 2552 年被星盟毁灭。后重建并再次被毁灭。

望做好事、拯救世界或者成为英雄。那她为什么要来这儿？为什么打算入伍？

答案很简单。她是为了追随爸爸和爷爷，做他们做过的事。也许这样，她就不会感到如此孤单了。

"身份证件？"酒保注意到了她。

芮恩抬头看了看对方冷漠的脸，"带了。但只够我被赶出去的。"她滑下座椅，拎起包。

"喂，哈尔，让这孩子休息下吧！"喊话的人占了门边角落的一张桌子。他们共有四男一女，衣着质朴，眼神沧桑，动作粗犷。"她看样子得喝上一杯！"

哈尔无动于衷地耸耸肩，"规矩就是规矩，博杰。"他朝门扬了扬头，"出去吧，孩子。"

"别管哈尔。过来坐坐。"那个叫博杰的男人说，这时芮恩刚把包带挂上肩。直到今天，芮恩也不知道到底是什么让她停下了脚步。也许是他们的模样。这些人与众不同、格格不入，动作粗俗但沉稳。他们的举止、他们的目光，就好像见证过、经历过世间万事，而他们身上的疤痕证明了这个猜想。

芮恩来不及思考该怎么回答，身体就自行走到了他们桌前。

"姑娘，你怎么跟丢了魂似的。"那个女人微笑着说。她口音很重，听不出是哪里人。她约莫四十来岁，灰色的头发扎成了两条粗辫，冰蓝色的双眸目光锐利，气势逼人。"你在逃避什么？"

芮恩指了指征兵中心方向，"参军。"

博杰笑了。他高大魁梧，同样一头灰发，"嗯。杀人和被杀。不过，你知道吗，不用参军照样可以航行星海。你多大了，姑娘？"他眯眼问道。

"十八。"

"我那年也十八。"他转向坐在一旁的女人，"乌恩十六。"

"你们入伍的时候？"芮恩问。

博杰又一次笑了。"那会儿我们——"他望着天花板，"——离开了母星地球。假如你知道上哪儿找的话，太空里财宝多的是。"

"你们是海盗。"芮恩来不及后悔就脱口而出。这些人的气质确实是这么回事。

然而博杰仰头大笑，笑声回荡在整个酒吧里，或许还传到了大街上。其他人也咯咯直乐，只有乌恩微笑着解释，"拾荒人，姑娘。我们干的是寻宝的生意。"

"我们说的财宝啊，宇宙里到处都有。"博杰兴奋地比画着。芮恩一下子就被那些奇妙的故事吸引了。这就是她一直在寻找的东西。冒险……苍穹……群星……边做生意边流浪的一生。

她一下子把征兵中心抛到了脑后，从此再也没有回头。

比约恩·博杰的货船名叫"哈康号"。芮恩在"哈康号"度过的头几年，和博杰所说的一模一样。当然，他没有提到那些危险、可怕的东西：进出旧日的战场不仅能带来财富，也有难以想象的危险。如果在荒蛮之地发生状况，你连跑都没法跑，只能依靠自己。这种恶劣到极点的情况芮恩经历了不少。饥饿、死亡、背叛、折磨，你想得到的都有。他们可能自称为拾荒人，但和海盗没什么差别。

光阴流逝。博杰夫妇年岁渐长，他们对船员的控制力也慢慢减弱。芮恩的安全越来越难以保障。他们可能是故意的，也可能是年纪大了，没有精力去照顾这个小女孩了——或者按照乌恩的想法，这是芮恩成长为领袖的必经历练。

终于，为了能树立威信，芮恩亲自动了手。

二十四岁生日那天，她在货仓里杀死了索利。其他船员们目睹了这场决斗，他们为谁能胜出下注，同时等着把失败者丢出气闸。芮恩和索利之间的矛盾从她登上"哈康号"的第一天起就埋下了种子，而现在，她的手上和脸上都沾满了死者的血……

那一天，她终于赢得了敬重，赢得了畏惧。这是她多年来睡得最踏实的一晚。

真是来之不易。

她的名声，她的地位，都是自己一点一滴打拼来的。随着比约恩·博杰的衰弱，乌恩愈发器重芮恩，她们成了"哈康号"继续运转的核心。

乌恩·博杰思路清晰、能说会道、身手矫健。她本可以在比约恩·博杰死后继续以船长身份活跃几年，然而她丈夫的去世带走了她的雄心。

乌恩把她毕生的知识和经验倾囊相授，一年以后撒手人寰。对拾荒人来说，自然死亡可真是件讽刺的事。

那个时候，芮恩已经完全控制了"哈康号"。她搞起商贸来就像比约恩，面对威胁时的狠劲比乌恩更甚。围绕在她身边的人都经过层层筛选,只要她有一丝怀疑,这些人就会在船只停靠的下一站离开。而如果威胁够严重,那气闸也是够用的——只要杀鸡儆猴一次,剩下的人就会对她毕恭毕敬……

芮恩耸耸肩,抛开往事。她走出淋浴间,擦干身子,穿上衣服,走向休息室。

"黑桃 A 号"体积不小,但船员能活动的地方不大,因为它的主要空间分配给了货舱。只有五个小舱供船员们使用,另有船长室、带观景台的食堂兼休息室、带八个冬眠舱的医疗室,以及带淋浴设施的小型健身房。除此之外,就是储藏室、支撑系统和引擎室。

芮恩径直走向取餐器,拿了条能量棒和添加了维生素的电解质水。莉莎懒洋洋地靠在餐桌座椅上,被凯普的话逗得直乐。尼克盯着凯普,皱着眉头,满脸怀疑。虽然尼克是个聪明仔,但他还是用了些时间才明白姐姐对凯普的态度。

卡德背着手站在观景台上,望向窗外的深空。

芮恩走到房间中央的长桌旁。"通信卫星怎么说?"她问尼克。

尼克不情不愿地挪开目光，"星系里就有，位于希柔星轨道。"

"那条船消失前，你获得了什么数据吗？"

"你是说，要我们抛下你的那条？"他反问。

好吧，看来她惹恼了两个人。没准四个全惹恼了。

芮恩扬起半边的眉毛，让尼克再思考一下是不是真要挑起事端。三秒钟以后，尼克终于不再瞪她了。

"在神秘飞船开火时，我们记录下了一些读数，除此之外没什么收获。没有明显的信号，能级水平看起来就像一条小拖船。本来可以获取更多资讯的，但你要我们静默，所以……"

芮恩疲倦地叹了口气，"为了躲避军队、叛军和其他武装势力，咱们都静默多少次了？"没人说话，大家都明白她的意思。但说实话，休息室的气氛还是让芮恩有些恼火，"我确实下了命令。就算我没下，卡德也会下。"芮恩瞥了眼卡德，他正朝这里走来。"为了保护这条船，他会做一样的选择。少了'黑桃 A号'，就没法回家，没法离开那颗星球。咱们的船离'罗马忧伤号'太近，不尽快起飞准完蛋。那样一来，所有人就准备在伊若被活活冻死吧。别以为我狠不下心，就算那意味着我要因此陷入危险，决定也不会改变。"

所有人都低下了头。当然,卡德除外。他耸了耸肩,"不过,想到船长被等离子束瞄个正着,很难让人保持冷静。"

"我没被瞄个正着。"不过芮恩明白他的意思。如果换别的船员被留下,她可能会采取一些非常鲁莽的举措。但当时留在后面的是她,是她做了这个决定。

"那现在呢?"凯普问道,"咱们追查不到那条船。"

"咱们不追查。"

所有人都露出了无比困惑的神情,甚至连总是面无表情的卡德也皱起了眉头。芮恩靠着桌沿,咬了一口能量棒,"不管指挥那条船的人是谁,他的工作都完成得很好。'罗马忧伤号'彻底没救了。"

莉莎问道:"那……我们不该生气吗?"

"当然生气。"芮恩说道,"但想一想,谁既具备尼克说的那种隐形能力,又拥有这样强大的火力?谁能从摧毁'罗马忧伤号'中获益?不是拾荒人,不是走私犯……不是我们认得的任何帮派。"

"军队。"卡德回答。

"他们干吗这么做?"凯普靠在椅子上,一副难以置信的模样，"船上还有那么多重武器和轻武器哪……就这么浪费掉了，感觉说不太通。"

"如果想让'罗马忧伤号'彻底失踪，这么做并不奇怪。"

"所以跟咱们撞上只是偶然？"

"不是偶然。咱们大概被人追踪了。他们早就在监视诺尔和贸易线上的其他拍卖行了，一些拾荒人被密切关注也很正常。"按照某些流言的说法，用追踪器的还不止军队一家，那无疑更糟。极端组织、劫匪和星盟残余势力都想要拾荒人手上的资源。他们很乐意先让拾荒人干完活接着再半路截和。

去年，有三个拾荒人团队失踪。

和卡西利纳贸易线上其他的拾荒人一样，芮恩开始忧心那些流言的真实性。

尼克面上血色全失。"我们不可能被人盯上。"但那表情透露了他真实的想法，"啊，该死。"他升起桌上一张集成屏，开始快速搜索。

"等一下，"莉莎问道，"如果我们不去管那条船，那干吗去通信卫星？我们到底要找什么？"

这个问题让芮恩险些没控制住自己。她花几秒钟喝完最后一点水, 借机恢复镇定。她很少谈论自己的过去, 但现在没法继续回避了。

"我尽量长话短说。"她稳稳地吸了口气, 放下水杯, "你先前说得没错, 凯普。我是军队子弟, 出生在军人世家。我爸爸是陆战队中士, 我五岁那年, 他被调任到了一艘改装过的凤凰级殖民船'火灵号'上。"

芮恩停顿了一下, 而凯普目光一闪, "我听说过那条船……抱歉。"

芮恩点头表示感谢, "官方说法是它被击沉了, 无人生还。但我们很多人, 我是说其他遇难者家庭, 都不相信这套说辞。我们得到的是一堆自相矛盾的报告。我爷爷通过他在军队的关系得知, 这条船其实是失踪, 之所以变成'无人生还', 只是因为军方高层想要结案。可对我们来说, 除非找到证据, 否则这条船始终是'失踪'。我爸爸和船上的一万一千名船员依然下落不明。"

休息室的气氛一片凝重, 仿佛连时间也被拉长了。芮恩的血压随着她说出口的每个字不断升高, 又被漫长的时间和持久的痛苦压下。

莉莎抬起头, 不解地问道:"为什么现在要告诉我们这些事?"

"因为我在'罗马忧伤号'上发现了一些东西, 也许能指引我找出答案。我不能对它置之不理, 继续去贸易线上拾荒。"她从口袋里掏出芯片, 放在桌上。所有人都凑了过去。

"这是什么?"凯普问。

"答案。"

卡德把芯片插进全息屏端口, 刷出日志列表。

"最新的那个。"芮恩低声说。

卡德照做了。所有人都看了那段让芮恩倍感震惊的视频。韦伯船长憔悴的外表、疲惫的嗓音、战争的重压……哪怕是重看, 芮恩依然感到了乏力和空虚。

影像播放完毕, 全员陷入沉默。最后卡德转向芮恩,"你想要信标。"

芮恩脉搏突突直跳,"对。我要找到'光芒之智号', 取回信标, 查明'火灵号'和它的船员身上到底发生了什么事。"

"那么接下来, 你是不是要说这是私人恩怨, 并不指望我们参与?"尼克问道,"你是不是要我们选好下船地点, 送我们过去, 接着自己去找答案? 是不是这类屁话?"

芮恩嘴角微微上挑,"我不指望你们参与。因为我不知道这条路会带我去哪里,要花多久时间。除非线索彻底中断,否则我不会停下脚步。"

此话一出,休息室里又陷入安静。"不过你们也要明白,"她继续道,"这趟旅途同样可能带来高额回报。"

"'光芒之智号'是星盟的船。"卡德慢慢地咧嘴。

芮恩回之以微笑。

"呃,嗯,你们到底在说什么?"尼克看看卡德,又看看芮恩。

"财宝。"卡德回答,"等着拾荒人打捞的财宝。"

五

"黑桃A号",艾克泰努斯45星系,距离希柔星四小时航程。

"凯普,能调出CPV级重型驱逐舰的示意图吗?"

全息图像弹出桌面,不断回转。芮恩向众人解释:"战争期间,几乎每条星盟军舰都会搭载一种被称为'神圣明灯'的装置,它们专门用于接收先行者科技产物的信号。对于寻找和使用先行者物品，星盟有着非常强的执念。先行者技术的用途——我们都清楚——就是把人类从银河系里清洗掉。所以'神圣明灯'的重要性不言而喻。"

"我怎么从没听说过？"尼克问道。

"以我的挖掘经验，还有和前星盟成员的交流来看，星盟有一条非常严格的协议。它叫作……'安全协议''神圣协议'还是什么来着？总之，它的设计用意是保护圣物，不让它们落入'不洁者之手'。舰船受到威胁时，它能确保'神圣明灯'被摧毁。他们宁可毁掉自己的船，也不愿让我们得到那东西。"

"所以把这么个装置拿到手，就等于说我们有了自己的先行者遗物探测器。"莉莎的热情显然被这前景激发了。

尼克向后靠倒，双手扣在脑后，"财宝，我喜欢。"

"这条叫'光芒之智号'的船，"凯普说，"如果我们找到了它……"

芮恩关掉全息图，"概率不大。重型驱逐舰就像'神圣明灯'，不是每天都能遇上的东西。就算你遇上了，它大概也落入了某些能把咱们从地图上抹去的强大势力手里。但那条船如果还在那里，或者它的一些部分落在了哪个船坞里，我们就有机会找到完好无损的'神圣明灯',也有机会找到我想要的信标。"

"银河系可不小。"卡德终于开了口。

"没错。"凯普附和卡德,慢慢摇着头。他蹙着眉,一副若有所思的模样。当他抬起头时,芮恩惊讶地发现他居然认可了这渺小的可能性。"可是我也没想过能亲眼见到翠鸟级巡洋舰,所以……"

船员们逐渐展露欢颜,最后哈哈大笑起来。见此情此景,芮恩愣住了。没有人放弃,甚至没有人犹豫。

她走到橱柜前,拿出珍贵的勃艮第葡萄酒,"是时候喝一杯了。"

卡德取来酒杯,大家干杯,预祝能顺利寻得答案。

在大家喝下第一口酒前,尼克补充道:"敬接下来的几个礼拜。因为我得和我烦人的姐姐待在一起。如果时间再长点,我宁可去关冬眠舱。"

"那么,敬我能避开我的白痴弟弟。"莉莎回敬道,"而且我终于有机会织完明迪里亚①毛毯了。"

---

① 光环世界中的一个人类殖民地。该星球有一种形似骆驼的生物,它的被毛是优秀的纺织原料。

"那玩意儿你都织两年了吧。"尼克翻了个白眼,举起酒杯,"也行,敬那糟糕透顶的肛毛被子。"

"那是被毛!而且我又不盖着它睡觉。它是装饰物,我要把它挂墙上,白痴。"

"你怎么说,凯普?"芮恩问道。

凯普想了想,举杯说道:"敬对宇宙的探索,找到你的父亲。"

阿门。现在,所有人都可以喝酒了。

"来。"

芮恩扭过头,是卡德。他又端来了一杯勃艮第葡萄酒。其他船员已经离开了休息室,芮恩这会儿正在观景窗前想自己的事。很快,远方的希柔星就会不断放大,填补黑暗的虚空。

她接过酒,"谢了。"

卡德没有说话,依然站在她身后。芮恩高五英尺十英寸①,怎么都不算矮,但和卡德相比却依然显得娇小。她有点想往后靠倒,从他身上偷得一些温度,感受一点舒适,然而幻想仅仅止步于幻想。酒精温暖了她的身子,但未能缓解她的紧张。

---

① 约为 178cm。

"信标可能早就没了。"又过了一阵子，卡德说道。

"也可能被 UNSC 打捞了。"

如果真是这样，芮恩宁愿自己永远发现不了真相。假如 UNSC 确实发现了信标，却对她爸爸和"火灵号"的下落守口如瓶，她肯定会做出过激的事。

"更可能的是，他们也没找着。"她说，"你想，当时星盟正大举入侵，把一颗颗星球玻璃化。为了对付他们……为了尽可能救出更多人，军队肯定手忙脚乱。"对人类来说，那是个清醒而混乱的时代。刚处理完殖民地的暴动，军队又肩负起了阻止外星人入侵的重任。存亡之秋，他们不会在意某个丢失的信标。

信标如果还在，那才是个奇迹。

但随着战后秩序逐渐重回正轨，一切皆有可能。

卡德走到她身边，"如果'光芒之智号'打捞了信标，一定会尽可能地破译，甚至追上你爸爸的船……"

刚加入"哈康号"那阵子，她跟随 UNSC 舰队去了不少战场外围，目睹了两艘军舰朝彼此开火造成的巨大破坏。要是"光芒之智号"找到了"火灵号"，结果肯定不会很好……

"什么情况都可能发生。"见芮恩没有回答，卡德这么说道。

过去的二十六年间，芮恩一直面对着无穷的可能性。尽管如今有了一丝线索，她清楚这任务还是难于登天。她这么做，无异于在满是星辰的银河里寻找一粒小小的沙子。

她又啜了口酒，感受着烧灼感从喉咙扩散到肠胃。压力终于减轻了一些，于是她轻轻地靠在卡德肩头。作为回应，卡德伸出胳膊搂住了她的背。"那时候我刚得到通知，说我亲人已经都不在了……"他先是顿了顿，似乎不知道该怎么说下去，随后重重地叹了口气，"是啊，只要有一点点说不通的地方，或者他们还有一点点活着的可能……我都不会停止寻找，绝不。"

卡德比任何人都理解她。芮恩感到了强烈的负罪感。他失去了所有亲人，她没有。

"怎么？"卡德看出了她的异样。

芮恩难以觉察地耸耸肩，"我还有家人。我可以停下来，回地球去找我妈……如果她还住在那儿。"然而她选择了远航，选择了去边疆游荡，"我却在黑暗中寻找鬼魂。"

卡德搂得更紧了些，那微微加强的力道表明他站在她这边，"不是所有人都循规蹈矩，弗吉。不是所有人都喜欢安稳的生活。而且这地方……在召唤我们。这种召唤甚至强烈到让我们愿意离开我们爱的人。"

芮恩淡淡地瞅了他一眼，"你以为这么说能让我感觉好些？"实际上，这些实话只会让她更内疚。

卡德轻轻地笑了起来。

芮恩喝下最后一口酒。它与卡德的身体同样让她感觉温暖。

"噢，至少我试过了。"卡德说。

是啊，卡德说得没错。他们响应了星海的召唤，决定了自己的生活方式。芮恩知道，假如上天给她重来的机会，她还是会迎着群星走上这条道路。弗吉家的人都这样。爷爷常说，每个弗吉的血液里都充满对流浪的渴望。但在精神失常后的一些糟糕日子里，他会把最后那部分改成"对杀戮的渴望"。

芮恩没有嗜血的欲望，但对流浪的渴望？看看"黑桃 A 号"就明白了。永远在移动，永远在前进，永远在路上……她对爸爸的记忆不多，但忘不了他精力过剩的模样。休假时，他总是焦虑不安，仿佛不知道怎么才能当个普通人。假期结束，重返军队时，他则会一副得到解脱的模样。尽管芮恩当时还是个小女孩，尽管离别令人难过，她依然能察觉出爸爸想挣脱大地，重返天空的渴望。

妈妈也看得出这点。早在芮恩出生前，他们的婚姻关系就很紧张。这两人有各自的缺点，都不算理想的结婚对象。不过芮恩有时候会想，妈妈可能在嫉妒她的女儿——甚至有点恨她——因为约翰·弗吉在家时，总是绕着女儿转。

"咱们都有心结，"卡德低声说，"都有悔恨。"

芮恩的头枕上了他的肩。他把她拉得更近了些。芮恩的心情逐渐平复。

她和卡德有许多共同点。这些相似之处让他们先成了朋友，后来同床共枕，接着又产生争执。就像行星绕行恒星，他们的关系总是按照这几个阶段循环往复地变化。但不管怎样，他们的友谊深厚持久。他是她的知己，她也是他的。在苍茫太空的小小飞船中，能有个人可以依靠，这意义无可估量。

六

"黑桃Ａ号"，距离希柔星四十万公里处。

系统文件检查……完毕

安全检查……完毕

>>>>>>>>>>>>

ONI 控制台

登录名: ********

密码: *************

>>>>>>>>>>>>

加密代码: OCTWTF

访问级别: H

审核通过

收件人: 哈恩

发件人: 67159–021127

位置: 艾克泰努斯 45

发现: 位于伊若的翠鸟级巡洋舰"罗马忧伤号",遭不知名舰船击毁。重点: 是你们干的吗? 补充: 船长个人日志上提及"火灵号"发射的信标。日期未知。日志日期: 2531 年 3 月 10 日。推测阿卡迪亚星近旁的星盟驱逐舰"光芒之智号"获得了该信标。当前状况: 前往希柔星轨道通信卫星,分析该驱逐舰去向。

重点：弗吉船长一心想找回信标。命令？

特工 67159–021127 看着屏幕上的光标闪烁了约 39 秒。

朝"罗马忧伤号"开火的是 ONI 吗？如果答案是肯定的，他们为什么不等芮恩离开残骸呢？想要她的命？不对。招募他的时候，他们可不是这么讲的。话说得非常清楚：他们想利用她。这个外殖民地拾荒人声名在外，她总是对可能会发现的东西留着神。

而芮恩·弗吉发现的东西可不少。

屏幕亮起。

收到。

报告下一个目的地。

结束

七

"黑桃 A 号"舰桥，距离希柔星四十万公里。

莉莎来到舰桥，发现芮恩已经坐在通信台旁，检索起了"光芒之智号"的相关信息。

船长袒露过往让她很惊讶。芮恩这类人通常对私事守口如瓶，而莉莎这类人，又总是对此感到非常好奇。她和尼克本来在阿莱利亚苦捱度日，是芮恩把两人给捞出来的，她想了解关于她的更多事情。

当她和尼克被芮恩逮到，两人的勾当终于曝光时，莉莎其实相当释然。她厌倦了骗人，厌倦了无尽的干旱和炙热，厌倦了不停往嘴巴和眼睛里撞的沙砾，厌倦了在快递公会①眼皮底下躲躲藏藏——控制这片区域的公会总是不断变换，但不管哪家上位，底层的人都得上供。这一切让她精疲力竭。

而且尼克也在变成他们。他越来越鲁莽，对暴力越来越麻木……莉莎担心再这样下去，她迟早会失去弟弟，只剩自己孤苦一人。

以芮恩为目标从一开始就是场赌博。这位黑发、瘦高的船长穿过市集时，左右扫视各个摊位。她表情自信，目光锐利，神态警觉又从容，无疑在商场和战场上都是游刃有余的老手。

---

① 光环世界里的这些快递公会（The Courier Guilds），是基地位于阿莱利亚的各个走私团伙。星盟战争爆发后，地球政府出于经济原因放弃了阿莱利亚，结果使得这些快递公会成了该殖民地的实际控制者。

莉莎嫉妒她。

莉莎尾随了她。由于天气炎热，芮恩穿着破旧的工装裤，上身是黑背心，手枪插在大腿旁，黑发从两侧向后拢起挽成发髻。聪明。莉莎有过教训，知道斗殴时被人拽住头发不是什么好事。

她没有料到，对芮恩·弗吉行窃，会变成她这辈子最棒的决定。

芮恩大概都没意识到这点。

这么说可能不完全正确。莉莎看得出，当时船长很快就抓住了重点，反应过来，如果放任这对兄妹留在阿莱利亚，他们可能会有怎么样的结局。在阿莱利亚，人均寿命是四十五岁，算不上一个充满前景和希望的地方。

更像是恐惧和绝望滋生的温床。

在莉莎看来，她欠芮恩很多。哪怕船长为了找到父亲不惜翻遍银河系，她也照样跟随。

"你爸爸的事，我感到很遗憾。"芮恩正在专心致志地研究，被莉莎吓了一跳。莉莎咬着嘴唇，低头看着自己的指甲，有些紧张。她喜欢这条船上的人。虽然大家都不算健谈，可这个年纪的女孩子, 有时候就是想找人聊聊天……"我一点也记不得我爸妈了。"

芮恩把注意力移到了莉莎身上, "他们去世了?"

"什么?"

"你爸妈。他们去世了?"

"我, 嗯……我不知道。也许吧。阿莱利亚当爹妈的年轻人很多, 他们可能下了矿井就一去不返, 要么就得了重病又看不起医生, 或者被人抢劫杀害……你还记得他吗? 我是说, 你爸爸。"

"那会儿我还小, 不过我记得……是啊, 我对他的印象很深。"

"你们长得像吗?" 小时候, 莉莎总是观察别人的脸。她一直在集市、矿井和帐篷区寻找长得像她还有尼克的人, 琢磨着他们的亲生父母是不是就在其中……

"我爷爷说, 我跟爸爸是一个模子里刻出来的, 只不过漂亮得多。我爸回家休假时, 爷爷老拿这个说事。" 回忆起往事, 芮恩嘴角微微上挑, "而我爸总是笑着回答, 只要姑娘们觉得他长得凑合就行了。"

"他们好像挺幽默。"

"幽默，而且喜欢斗嘴。我爸回来时，家里的气氛一下子变得热闹起来，可惜他从来待不长，等他一走，气氛会一下子就……冷清下来。"

"那你妈妈呢？"

"还在地球上吧，我猜。我们一直不亲近。"从芮恩的脸色来看，莉莎察觉船长对此颇有悔意，"没我跟爸爸还有爷爷的关系好。"

"你爷爷还健在？"

"我十六岁那年因为博恩综合征 ① 去世了。"

"我没听说过这种病。"莉莎坦诚，"我们家那边受教育的机会不多。"

芮恩理解地笑了笑，"是种战争病。长期暴露在辐射、某些气体和诸如此类的东西下得的。这是战争的代价……我爷爷是个陆战队士兵，镇压过叛乱，和我爸一样长时间不在家。知道吗，他差不多是个传奇。可惜博恩病慢慢毁了他的脑子和身

①光环世界中，博恩综合征（Boren's Syndrome）是ONI为了掩盖超级士兵计划而捏造的一种疾病。得到强化的士兵偶尔会出现神经系统失常，这种情况一旦发生，ONI就以罹患导致神经系统电解质偏差的博恩综合征加以解释。

体。"迎着莉莎的目光,她有些出神地笑了笑,"他不后悔。他说这是他的选择。在最后几年里,他告诉了我好多事情……"

"他们肯定为你自豪。"莉莎说,但芮恩只是哼哼了一声。莉莎皱起眉,"你不这么觉得?"

"这个嘛,看看咱们周围。我没有完全继承弗吉家的传统。我只是去他们战斗过的地方,回收他们丢下的破烂,再卖给他们的盟友和敌人。讲句老实话,别说自豪了,他们震惊还差不多。"

"你对自己的要求也太严格了。你有条好船,有笔好营生,还是个好老板。"

芮恩微笑,"谢了。"

"我只知道,你没带上我们的话,尼克这会儿要么在矿井里干活,要么得了病等死,要么就跟快递公会的人混到一起去了。你给了我们一个家。你本来可以不用这么做的。"莉莎咬着下唇,又一次盯着自己的指甲。

"我很高兴你俩上了船。"芮恩笑容甜美,嗓音带着感激和关怀之情。莉莎喉咙哽咽,羞得想在控制台上找条缝钻进去。她一直希望自己能被人认真看待——她在阿莱利亚上没被人正眼瞧过——现在真有人这么做了,她却觉得很尴尬,因为这提醒了她自己在长大过程中多么缺爱。

"你还好吧?"芮恩问她。

莉莎刚刚卸下的戒备心一下子又回来了,"当然好了,为什么会不好?"

好吧。和船长建立更多私交的开场就这么结束了,真棒。莉莎一直饱受煎熬,她渴望告诉别人自己的过往,发生在她家乡的那些事,还有她为了活下去、为了保护尼克所做的那些糟糕事情。长久以来,她越来越难压抑这冲动……

但当直抒胸臆的机会近在眼前,就差临门一脚时,她却惊慌失措,当了懦夫。

"我不知道。你来说说看。"芮恩微微歪头,露出好奇的神色,她的黑眼珠似乎能看到莉莎良心的每一点小小不安,"是凯普?"

莉莎眨眨眼,"什么?"她感到脸腾地热了起来。

芮恩轻轻地咳嗽了一声,"不说这个了。只是……做任何事都别太着急。还有时间。只要凯普不突然跳船,你们会相处一阵子。多花点时间去了解一个人是值得的。"

"哎呀,我没有……我是说,他年纪大。不是说我找不到他的——啊，莉莎，你还是闭嘴吧。"她捂住脸，骂了自己一句，"我不知道该说什么了。"就在这时，通信频道突然亮起，莉莎如释重负，"大概是找你的。"她看到了诺尔的图标。

"到处查询星盟驱逐舰的消息，会让情况变得不利。"听芮恩三言两语地讲述了发生在伊若的事情后，这个坐在桌子后边的齐格亚尔人如此评论，"相信我，我了解这种事。你可能——"她抬起爪，指头向外张开，做了个代表爆炸的动作，"——被消失。"

芮恩已经回到了自己的房间，她坐在椅子上端详诺尔的鸟脸，"这是在威胁我吗，诺尔·菲尔？"其实她很清楚诺尔没有这个意思，但她就是不爽。

诺尔眯缝起眼睛，离屏幕近了些，"这是事实。你在玩火，你应该知道的。星盟的残骸散落各处。海盗、走私犯、劫匪……都想要重火力。有那么多人在星系里翻找，想组建部队。"

芮恩琢磨了一下她该怎么演接下来的戏，"伊若发生的事是场灾难，我损失了不少信用点。这个遗迹是你告诉我的，我可是花了大钱。提供错误的情报，这买卖做得可不地道啊。"

齐格亚尔人凑得更近了，她眼角碰到了画面边缘，喙部恨不得穿过屏幕,"那是劳斯的情报,不是我的。而且情报没问题。残骸确实在那里,不是吗?"

"刚找到就不存在了。是你收了钱让我去见劳斯的。我花了这么多信用点,连个屁的回报都没有,还丢了几辆搬运车。依我看,有人把我的情报给卖了。"她露出盘算的神情,"也许我应该把信用点要回来。"哈,看对面怎么反应。

不出所料,扬声器里传来了诺尔的高声嘶叫。她的羽毛根根竖起,当爪子重重砸在桌上时,芮恩在摇晃的画面里看到了模糊的喙、羽毛和她身上华丽的饰物。

虽然芮恩不认为诺尔或者劳斯出卖了她,但如果可能的话,她想通过激怒诺尔来获取一些情报。对这只贪婪的大鸟来说,最不能接受的事情就是退钱。齐格亚尔人都这样,要他们吐出钱财无异于受刑。

"但是,我也可以放弃退款,"芮恩终于说道,"前提是获得情报,靠谱的好情报。"

诺尔理了理脖子上的玻璃串珠,正了正爪子上几枚闪亮的戒指,"关于驱逐舰,我没什么好说的。我已经解释过了。"

"不找那条驱逐舰。我想问别的东西,而且不是武器。你知道的, 我不买卖重型武器。你替我办了这事……咱们就两清。"

诺尔的兴趣被勾起了, "不退款?"

"不退。我知道你有办法搞到那些老旧的星盟舰船情报, 比如服役记录、广播信号这种。我想知道'光芒之智号'的下落。如果它被击沉了, 那它的残骸在哪里……任何情报都要。"

诺尔稍做思考, 便微微颔首, "成, 但就这一次。下次再遇到麻烦, 你也该学着像个大姑娘一样自己去承担后果了, 好吧? 我会联系你的。"话音刚落, 她就结束了通信, 芮恩连回嘴的机会都没有。

"该死的鸟人。"芮恩嘟嚷道。她靠着椅背, 咬着嘴唇开始想事情。

"光芒之智号"不可能平白失踪。CPV级重型巡洋舰是星盟舰队不可或缺的组成部分。考虑到日期, 这艘船极可能从一开始就参与了对人类的进攻, 并且一直在尽全力进行杀戮与毁灭。这条船遭遇的状况有许多可能, 但无论如何都应该有记录之类的东西; 这种规格的船不可能凭空消失。

芮恩关闭屏幕, 陷坐在椅子里。她已经做好了心理建设, 准备接受最可能的答案: 全是白费劲。当然, 她很可能查得到

"光芒之智号"的结局,但找到那条船,并且寻获完好无损的信标是另一码事。

但愿就像爸爸常说的,幸运女神总是站在他们这边……

"再来一次,爸爸,求你了!"她恳求道。泪水刺痛了双眼,可她没有哭;她很坚强。爸爸总是叫她"坚强的小淑女",她也愿意让爸爸感到骄傲。再说了,哭哭啼啼会让爸爸伤心,让他流露出内疚的眼神。

她不想让爸爸难过。永远不想。

而且他们在一起的时间那么短暂。

"好吧,宝贝,再来一次。你先。"

她把胳膊肘支在餐桌上,眯起眼看他,"输家先。"

爸爸咧开了嘴,眼角褶起的皱纹让他的笑意变得更浓。她真想爬过桌子,搂住他求他不要去。但她不会这么做。

所以她只能一次次要求再来一轮。而爸爸总是应允她,直到真的没法再拖下去了。

发完牌,她一边抓起自己的扑克,一边朝对手看。爸爸身材高大,体格魁梧,如果你瞧得够仔细,会发现他身上的疤痕东一块西一块。那是他离开她时, 在一场场战斗、一次次巡逻、一年年行伍生涯里留下的印痕。

爸爸发回家的每个视频里都会展示新的伤疤。有些人可能认为这会吓着孩子, 但在露西看来, 这只能证明他的坚强, 他的韧劲。

"战争!①"俩人不约而同地翻出同一张牌时, 她高兴地喊道。爸爸用一张 A 赢下了这一轮, 他看起来很高兴。

"看, 跟你说了, 这是幸运牌。"爸爸轻轻弹了弹她的鼻子。

"那你得带上它。"她希望爸爸好运常伴。她知道外面正发生战争。真正的战争, 不是餐桌上的扑克游戏战争。她不清楚那到底是怎么回事, 人们为什么彼此厮杀, 但她知道战场就在天上, 比天空更远, 已经到了群星之间。

"妈妈说等你下次回家, 我就是大姑娘了, 年纪甚至变成了两位数。你可能会认不出我。"

听到这话, 爸爸笑了, "孩子, 你照过镜子吧?"但他的目光罕见的严肃认真, "我和你, 咱们是一个团队。团队成员永远在一起, 哪怕被时间和路途隔开。别以为我会认不出你来, 想都

---

① "战争"是欧美国家常见的儿童扑克游戏。

别想，露西·欧。"

她喜欢爸爸叫她露西·欧——不是完整的中间名欧芮恩，只是"欧"。这很特别。只有他会这么喊。

"再说，咱们还是能相互看到的。"她提醒爸爸，希望他能感觉好一些。

"没错，还有视频邮件。不管去哪里，我都会给你发照片。"

爸爸送给她的相簿里，早就贴满了打印出来照片。

他们翻开另一组牌。

她不得不咬紧嘴唇，免得那些话漏出来。求你了。别去。

轮到爸爸出牌，但他一直握在手里，直到她抬起头。爸爸察觉到了她的纠结。"我爱你，宝贝，永远别忘了这点。我不会有事的。我很擅长自己的行当，我会挺过去，回到你身边。"他露出自信的微笑，但他的眼神似乎没有表达同一种意思。"别担心，幸运女神站在我这边。"

他收拢那些扑克，但把她要他留下的那张 A 塞进了袖口。

游戏继续。"战争。"她轻声说。

这一次的赢家是她。每翻出一张牌，墙上挂钟的嘀嗒声似乎都在催他离家。

"嘿。"他柔声说,把手伸过桌子,抬起她下巴。她再也忍不住了,斗大的泪珠颗颗滚落。她想让爸爸骄傲,竭力地表现得坚强,只是下唇依然禁不住地颤抖。"啊,没事的,过来。"他双手伸到她腋下,将她抱过桌子,放在大腿上。

她紧紧搂住爸爸的脖子,不住地啜泣。她那么需要他,却又不知道该怎么表达。她心痛得就像一个不断膨胀、膨胀,直到快要爆炸的气球。

离别终于不可避免地到来。他把她交给了妈妈,接着俯身吻了吻妈妈的脸颊。他的爸爸一直等在门口,两人一道迈出了家门。

她在门廊里目送他离开。阳光照得她睁不开眼,她只能看到爸爸模糊的轮廓走下步道,钻进等候的汽车。

那是她最后一次见到爸爸。

八

"黑桃 A 号",接近希柔星通信卫星。

寻找安装在船上的追踪器是尼克从未遇到过的技术挑战,

他一直忙活到了现在。芮恩来到他舱室门口，发现这里一如既往地脏乱——粘在墙上的招贴画、贴在家具和各种设备上的便条、散落在地板的衣物……"如果我要你休息会儿，你会照做吗？"

尼克咕哝了一声，目光却依然停留在三块显示屏的其中一块上，"大概不会。"

"我们快到希柔了。等进入收信范围，你得把这些东西暂时搁一边。"

芮恩离开时，他总算从屏幕上移开了目光。那是双充血、癫狂的眼睛。"我们需要 AI。"

这不是他第一次这么说。也不是最后一次。

"我们有了。"

"是啊，可惜是愚笨型的。"他拿起键盘边的饮料嘬了一口，"那玩意儿只能跑跑系统，没法定位追踪器。我们需要聪慧型 AI。它能从追踪器被人安进来的第一刻就找到它。"

"你买啊？小子。聪慧型 AI 都值得上一条船的造价了，要是追求型号和模块会更贵。"芮恩露出了甜美的笑容，"你就是我们的 AI，而且不用额外花一个子儿。"

尼克翻了个白眼，在芮恩离开时嘀咕:"那我肯定是愚笨型……所以才找不到那个狡猾的小混蛋。"

"记得休息，尼克!"芮恩在通向舰桥的狭窄走廊里喊道。

这时候，待在舰桥里的莉莎已经研究了搜索结果几个小时。她在那些陈旧的聊天、日志和关于战争的故事里寻找"光芒之智号"的蛛丝马迹。凯普也没待在引擎室，他瞪着导航控制台的屏幕，不停地梳理军事记录。至于卡德，他继续研究着追踪系统。他联系了几个老朋友，旁敲侧击地提到了那条驱逐舰的名字，看对方有没有想起什么，然而这会儿还没有答案。

"黑桃A号"进入希柔星高层轨道时，芮恩已经坐在了她的椅子上。通信卫星在他们下方约四千公里处，信号优良。一艘小客船正向着行星降落，另外有一艘重型货船在低层轨道卸货到那些更小的运输载具上，尼克在伊若上捕捉到的神秘飞船的微弱信号同样不存在。这里一切如常。

尽管如此，他们依然尽量保持着静默。

"尼克，进入卫星范围了。"

"收到。我这就连接。"尼克通过舰内通信频道回答。当他开始施展自己的"魔法"时，芮恩调出系统日志，检查飞船的资源储备状况，包括取餐器里还剩多少食物，以及水、氧气和燃料的数额。

"好了，接上了。开始搜索吧。"尼克说。

借助通信卫星的力量，他们尽力寻找起那些可能有助于定位"光芒之智号"的地点和档案。

然而，整整一个钟头过后，芮恩却感到越来越焦虑，"有发现吗？"尽管船员们一有消息肯定会立刻告诉她，她还是忍不住问了凯普和莉莎。

莉莎托着下巴，侧身微微摇头，"没有。都是些没用的老旧战争记录。"

"如果'光芒之智号'从一开始就参与了行星玻璃化行动，"凯普说，"你大概会认为它留下了行动记录，比如它在抵达阿卡迪亚前干了什么，后来又去了哪里。但那段时间跨度太大了，很多信息彼此矛盾……"

"欢迎来到搜索地狱。"芮恩叹了口气，"被玻璃化的星球能留下的记录不多，更别说是那些远地殖民地了。但愿我们有这个运气——"

"我找到了！找到这个小混蛋了！"就在这时，尼克像只达瓦卡松鼠那样猛地冲进舰桥,打断了她的话。他眨了眨圆睁的双眼,举起手上的东西。那是个扁平的方形物品,黑色、哑光、毫不起眼。"我找到了。"他嗓音里的亢奋让芮恩抬了抬眉毛。

"我弟弟终于疯了。"莉莎喃喃道,"虽然我总说这只是个时间问题。"

芮恩示意尼克把东西交给她。那是个追踪器,它光洁小巧,出奇的重。"你在哪儿找到的?"

"起落架收纳槽里。卡德帮我弄出来的。"

芮恩把那东西放回尼克手中,直视着他的眼睛。她感到怒不可遏,"去吃些东西,冲个澡,再去打个盹儿。我要你使出浑身解数,查出是谁干的。"

"你不丢了它?"凯普问道。

"我们是拾荒人,要物尽其用。"那个黑色小方块搭载了一个信号发射器,芮恩想弄清到底是谁在接收信号。

"芮恩,诺尔要和你通话。"莉莎说,"我猜你要接听?"

"嗯。把它转到我房间终端去。尼克?"

"头儿?"

"等你休息好了,我还要给你另一个工作。"

他皱起眉，"我要加薪。"

芮恩坐下，打开屏幕，点击了闪烁的频道。诺尔·菲尔弯曲的喙猛地出现在眼前，吓了她一条。那只大鸟坐回去，咯咯笑了几声。

"真有趣，诺尔。你有发现？"

诺尔收起了她的笑容。芮恩惊讶地发现这只大鸟居然表现出了几分不自在。人类总是能轻易读懂同类面部表情的细微变化，但不太理解包括齐格亚尔人在内的许多外星物种的微妙神情。

诺尔的爪子轻轻地敲打桌面。那咔嗒、咔嗒、咔嗒声令人心烦。

显然，她要传达的是坏消息。

"你要找的船，'光芒之智号'，坠毁在拉科尼亚。当时是……"她看了眼屏幕外的什么东西，"按人类的叫法，某个时间段即将结束的时候，那个时间段叫尔月——"

"二月。"芮恩纠正道。

"嗯。或者那个时间段刚结束之后。年份是二十五，三十一。"

听到这些话, 芮恩的心怦怦跳动, 带起汹涌的希望。她不愿立刻被这情感征服, 于是紧紧握拳, 指甲都抠进了掌心。但是, 妈的, 时间没错。完全正确。

各种可能性在她脑海中飞驰而过, 不过其中一种似乎凌驾于其他所有可能性之上: 在与"罗马忧伤号"短暂交火之后, "光芒之智号"回收了"火灵号"的信标。紧接着, 这条星盟驱逐舰遭到人类反击, 或者由于"罗马忧伤号"造成的损伤, 坠毁在了拉科尼亚。"光芒之智号"的船员可能来不及把信标转交给其他星盟船只。

如果这猜想没错, 那么"火灵号"的信标确实可能还存在——只要它没在船只坠毁过程中损坏。意识到这点, 芮恩忍不住打了个颤。

"从那时起, 那条船就一直留在拉科尼亚。"诺尔继续说道, "它没有失踪。只是……没法回收。"

"等等, 你在说什么? 残骸还在吧?"

"在, 但被占领了。"诺尔的羽毛竖立起来。这个齐格亚尔人感到了不安, "被猎人①占领了。"

---

① 光环世界中, 猎人是被迫加入星盟的, 与其他种族的关系并不融洽。

　　单这一个名词，就让芮恩不寒而栗。猎人。她强忍住惧意，继续问道："你知道大概有多少猎人吗？"

　　诺尔摇摇头，"据说坠毁后有很多幸存者，但他们都被猎人干掉了。幸存者也等待过救援，然而没能等到……有人说猎人还在不断繁殖。也许是真的。也许整艘船，甚至整颗行星都被它们感染了。"诺尔打了个颤，"我不想知道，也没法知道……所以我也就那么一说。都是些流言蜚语。你懂的。"

　　姆加莱科洛，也就是俗称为"猎人"的这些生物，不像圣赫利或者齐格亚尔这样为人所知。星盟战争结束后，它们中的大多数都逃亡到不知哪里去了。这让人类大大地松了口气。

　　猎人是非常棘手的敌人，但他们首先得找到"光芒之智号"，其他问题可以往后放放。"星盟驱逐舰的科学舱最可能在哪个位置？"

　　"分情况，位置挺多。"

　　"我是说解密中心，分析人类科技的地方。"

　　"那最可能在舰桥。那是个大地方，有很多站台、平台、斜坡。要不就在附近什么地方。你要蓝图吗？可以卖你。"

　　芮恩微笑着回答："不用。我自己来就行。"

"现在是你欠我了, 船长。"

"是啊。谢谢, 诺尔。"

"还有件事。"诺尔露出严肃的表情,"另一队拾荒人失踪了。"她张开爪子, 重复了爆炸的动作。

这引起了芮恩的注意,"哪队?"

"拉姆·查尔瓦的。和他们有关的最后的消息是从梅萨玻璃地表下挖出了一些遗物, 正在回家。他们搞到了几辆旧科迪亚克和一些先行者产品。"

芮恩的心往下一沉。拉姆·查尔瓦是专家, 他的团队和船只都是一流的……看来去年那些拾荒人的失踪并非偶然。确实有谁在跟踪拾荒人, 等他们寻到宝后发起攻击。

"这对生意可不好,"诺尔说,"对我们任何人都不好。"

"既然有人失踪, 那肯定有人会在什么地方说起这些事。"清算公司人来人往, 诺尔肯定听到了风声……

"最近确实出现了一组人,"诺尔说道,"比其他人更粗野……他们收集东西的速度很快, 喜欢到处吹牛。这群人的头领觉得他可以不照咱们的规矩办事。他叫盖克, 盖克·拉尔。"

"圣赫利人?"

"更糟。圣赫利指挥官。有人说他信奉赫斯杜罗思的教派，给朱尔·穆达玛办事。按照一些说法，他派出了一支人马专门回收武器和船只，要重组和扩大星盟。他是个危险分子……对所有人来说都很危险。"

像这种宗教狂徒，会毫不犹豫地跟踪拾荒人，抢走他们的财产，并宣称这是天赋神权。如果真的是盖克·拉尔……

"你打不赢他的。"诺尔察觉到了她的想法。

芮恩收起沮丧的表情，换成微笑，"你在为我担心吗，诺尔？"

"别想太多，人类。我担心的是生意。"

"你知道他现在在哪儿吗？"

"我不是头一个打听你在找的那条船的人。盖克在搜集重型武器，而一条驱逐舰大概会引起他的兴趣。也许他已经占领那残骸了。"

"明白。如果你打听到了更多关于盖克的消息，记得告诉我。"

"我会的，船长。"诺尔点点头，俯过身。屏幕暗了下去。

芮恩陷坐在椅子里，思绪翻腾。在舰船残骸里出没的猎人足以让拾荒人在几十年里对残骸敬而远之。但如今船只和武器的价格水涨船高，只要那些渴望武装力量的组织和派系认为回报够高，就会毫不犹豫地深入那些恐怖场所。

如果诺尔说得没错，盖克·拉尔的目标也是"光芒之智号"，那么她的搜索行动可能会在拉科尼亚结束。竹篮打水一场空。

不过撇开猎人的问题不谈，她和这个圣赫利指挥官寻找的并不是同一个东西。

第三章　双倍下注

九

"黑桃 A 号"，南河三星系外六百万公里处。

"黑桃 A 号"在南河三边缘离开了折跃空间。这里离芮恩希望抵达的坐标差了几百万公里，但折跃空间导航和摸黑赶路没什么差别，向来不精准，人们也习惯了这点。只要能抵达目的地附近，大多数人都会感到心满意足。

卡德看着莉莎将航线目的地调整至拉科尼亚，飞船随即进入亚光速巡航模式。

芮恩注视着这俩人，心思却不在上面。主屏幕外的黑暗深空里，散落着星星点点的天体。它们很小，光芒微弱。想到爸爸和"火灵号"也曾行经这片虚空,芮恩感到一切似乎不那么真切。

就像行走在巨人的阴影下。

"莉莎,进入阿卡迪亚可视范围。"芮恩说。

接下来的几个小时里,"黑桃 A 号"维持着航向,然后船尾倾斜了十一度。没多久,阿卡迪亚就像幽灵那样从黑暗中出现,占满了屏幕。淡蓝色的大气包裹着这颗行星,灰蒙蒙的地表呈现出虹色的光彩。舰桥里一片安静。所有人都知道他们在看着什么——行星规模的墓地。数以百万计的人葬身于此。

芮恩见过许多惨遭玻璃化的星球,但阿卡迪亚的毁灭程度比它们更甚。你在地表上找不到一处不同的颜色,这说明等离子光束细致地扫过了每一寸土地。星盟特别憎恨这个曾经像度假胜地一样的人类殖民星。

阿卡迪亚的"远房亲戚"拉科尼亚,待遇则有所不同。毕竟那里没有殖民地,只是个阴冷的火山世界。虽然它也能维持生命,但空气稀薄、刺鼻,还有偶尔活动的火山喷出二氧化硫。既然有阿卡迪亚这样繁荣的行星可以作为星盟展示力量的舞台,拉科尼亚自然会被忽视。

按照诺尔提供的坐标，"黑桃 A 号"进入了拉科尼亚低层同步轨道。就在他们下方某处的火山岩上，躺着那艘星盟驱逐舰。芮恩从座椅上站起，走到导航和通信面板间的主战术桌前。

"你俩试试能不能让残骸显示得清楚些。"她对卡德和莉莎说。弥散在大气中的火山灰让事情不那么容易，但他们可以通过舰载激光雷达和快速测绘系统建立一个大概的图像。

芮恩抑制着内心的焦躁，等待全息图像逐渐成形。

"看样子诺尔没说错。"卡德说，"船里面有什么生物。我们接收了一个明显的生物信号……妈的，等等。"他停顿了一下，"不止一个信号。我们在残骸外面发现了八个生物信号和一条船。"

"启动引擎识别干扰。"芮恩立刻调出操作面板，手指上下翻飞，"再跑一遍传感器，看看能不能匹配出那些信号所属的物种。"她转向战术桌上的全息图。她不用问卡德对方驾驶了什么船，因为它和那条驱逐舰一起出现了，"妈的。星盟武装货运船。老型号，武装到了牙齿。"

"驱逐舰的辅助动力还在。"莉莎说。

这消息可真叫人惊喜。如果它还有辅助动力，就意味着船骸至少有一个电力核心在工作。可以据此判断它坠落时受的伤害很小。"光芒之智号"可能是一座宝山。

"武装货运船引擎熄火,但有余温。"芮恩说,"他们就只抢先了一步,妈的。"

"驱逐舰残骸外的八个信号来自圣赫利人的可能性为百分之八十七。"卡德恼火地摇摇头,"残骸里还有一个别的。下次回去时,咱们得升级生物扫描软件。"

是啊,她早就想这么做了。

盯着飘浮在桌子上方的两张全息图,芮恩咬着下唇陷入思考。她想到了诺尔的警告,还有前星盟指挥官盖克·拉尔。这条武装货运舰在庞大的驱逐舰面前显得袖珍小巧,但它的重型等离子炮和侧翼的两门辅炮可不是吃素的。如果盖克在下面,那她的对手不仅有强大的火力,而且作战经验丰富。这种家伙可不好对付。

好在她也不打算对付。

卡德走到她身边,研究起了驱逐舰的全息图,"它好像卡在冷却的熔岩流里了。"

"而且周围缺乏我们需要的掩体。"芮恩说。他们下方是冷却熔岩流形成的巨大山谷。除了星盟武装货运船，就只有"光芒之智号"在地表隆起，抓人眼球。

"附近的火山没有活动迹象，我们可以利用这些沟槽。"卡德指着火山斜坡的一道凹痕，那里能提供不错的掩护，"距离目标三公里，但只要熔岩够牢固，我们就能搞定。"

芮恩调出驱逐舰蓝图，摆在激光雷达成像图边上。被标记为舰桥的区域很大，它高达数层，有平台、站台，还有将它们连在一起的电梯网以及坡道。它们中央是巨大、凸起的指挥中心。

"尼克，探测器怎么样了？"

他的声音从通信频道里飘出，"我刚摆弄完她，头儿。"

"她？"芮恩真不想这么问。尼克喜欢给玩具起名。

"哦，我叫它'黛安'。它匹配了人类已知的每一个电波通信和紧急呼救频段，可以识别那条船上的任何 UNSC 信号。我还额外安了一块电池和信号增强器。只要那个信标还在工作，哪怕只剩一块快耗尽的电池，我'女儿'都能找到它。"

"小伙子干得漂亮。"

"谢了。现在我能涨薪水了吗？"

芮恩回了尼克嫣然一笑，但没有理睬他，而是把生物扫描信息添加到了蓝图和雷达成像图上, 好看清他们都在哪儿。"这里。"她标记出了船骸末端附近、接近舰桥的发亮红点, 剩下那八个信号聚在星盟武装货运船内。

"好歹给点奖励吧? "尼克问。

"等黛安找到了信标……咱们再谈。"

"你怎么想的? "卡德问她。

芮恩仔细看了看全息图, "嗯, 船只没有被感染的迹象……"生物扫描器只在驱逐舰内标记出了一个信号。"姆加莱科洛的可能性为百分之九十二。"芮恩站直身子, 背靠桌子, "等圣赫利人替咱们料理那个猎人吧。他们的目标不是信标, 而是那些重型玩意儿。"

"他们会耗上很长时间。如果这条船跟我们猜的一样完好, 那他们要几个月甚至几年才能搬空那些值钱货。"

"那也得看他们到底想要什么。只扫描重武器和运输船就要不了太久。如果盖克·拉尔本人也在下头, 我打赌他的第一目标是'神圣明灯'。"

"你这么认为? "

她点点头, "换作是我, 要重建星盟, 要找到最好的武器和技术来重新发动战争，第一目标肯定是船上最宝贵的东西。我会先拿到'神圣明灯'，接着才是武器和支援船。不过你说得对，他可能会待上一阵，呼叫增援来协助回收工作。"

"意思是，趁增援还没到，"卡德说，"我们现在就得进入船内部。"

"有必要的话，我们自己来对付猎人，同时避开圣赫利人。当然，最好是拿上信标就走人，不让他们发现。"她指了指残骸中部的一处破口，它刚好在星盟武装货运船停泊方向的另一侧，"从这里进，找路去舰桥。"

"猎人就在舰桥，"卡德说，"咱们未必能避开。"

他们说话的当口，芮恩已经搜出了猎人的图片，把它摆在了驱逐舰蓝图一旁。这生物几乎有四米高，体重接近惊人的五吨。本质上来说，它们是一堆塞在星盟装甲里的莱科洛。那是种橙色的鳗鱼状蠕虫，它们不止在肉体上，也在精神上聚合到一起，成了一种有意识的两足生物。姆加莱科洛是莱科洛的一种聚合形式，也是星盟对抗人类的主要亚种之一。它外装甲的一条胳膊集成了燃料加农炮，另一条握着两吨重的护盾，那玩意儿跟星盟舰船的船壳差不多厚实。

"我知道你总是个撞大运的混蛋, 弗吉。但是你想去这种地方找信标, 兴许还得对付猎人, 你觉得你不会被圣赫利人发现?"

"我想过, 成功机会也没那么渺茫。我们也完成过不少次漂亮的潜入行动。"毕竟要干好拾荒人, 相关经验肯定得丰富。"我不担心圣赫利人。猎人才是不确定因素。"她瞟了眼卡德, "你接触过那些家伙。有什么想说的吗?"

他退开一步, 站到导航控制台边, "嗯, 这种外星生物皮糙肉厚, 很难干掉。它们一般两两组队。如果下面有一个猎人, 那很可能还有另一个。船内的位置、辅助动力源, 加上大气中的灰尘干扰, 我们可能错漏了另一个信号。最好准备同时面对两名猎人。"

芮恩探过身, 从莉莎肩膀的后面看着屏幕上的数据, "咱们到这里以后, 它就没挪过窝。相对于它的体型来说, 这信号强度够微弱的。"

"你也知道, 有很多因素能导致信号微弱。"卡德说道, "猎人哪怕落单也很麻烦。这家伙没准不晓得战争已经结束了, 这只会让它更加危险。"他拨弄着头发, 似乎越发焦虑不安, "它们只懂得杀人，芮恩。不会提问，也无法沟通。我亲眼见过猎人屠杀星盟自己人，只因为那些士兵进入了它们的视野。诺尔跟你说的可不是捕风捉影。所有人都避开这条船，没人试图回收物资是有理由的。"

"没错。但那东西已经在下头待了二十六年。"芮恩反驳道。她尽量说得中气十足。很显然，卡德对猎人心有余悸……"它可能受了重伤，正在死去，或者老得打不动了。现在下不了定论，咱们要亲眼见到才知道。"

卡德愤怒地翻了个白眼作为回答。"你可能觉得没什么，但我不想看到它把你撕碎。"他指指芮恩，"或者把咱们中的任何一人撕碎。如果它没用大炮击中你，是真会冲上来干这种事的。这场面我少说见过一百次。"他恶狠狠地说，"你又不是无敌的。去那残骸里探险不是散步，是要流血的。"他气冲冲地离开了舰桥。

"我从来没说过这是散步……卡德！"芮恩在他背后高喊。卡德的态度让她很受伤。对方不屑于继续和她争辩，这比直接打她脸还糟，芮恩是那种事情一桩一桩做的人。话说到一半，事情做到一半，这不行。她的人生受够这种事情了。

她背对莉莎,撑着战术桌,恼怒地倾着身,试图恢复镇定。然后她抹抹脸,用手指敲打桌子。

卡德错了。她绝对没有大摇大摆走进船骸的意思,也更乐意见到自己安然无恙。"好吧,我不会放弃,绝不。我们都到这里了。'光芒之智号'就在下面。"

这时候尼克走进舰桥,他一下子就被悬浮在战术桌上方的猎人全息图吸引了,完全没有注意到芮恩的神情。"真难相信这家伙居然是一堆蠕虫组成的。"他打了个颤,接着检查起了生物扫描器,"嗯……对这么大的家伙来说信号有点弱啊。也许它在打坐冥想。"见莉莎咯咯地笑了起来,他投去不悦的一瞥,"你懂什么?我是从书上读来的。你没准该向我学学什么叫读书。"

"行。"莉莎翻了个白眼。

"我还读到过它们总是成双成对,像什么伴侣或者兄弟,如胶似漆。如果你干掉了其中一个,另一个就会暴走。它们能吃金属跟合金,所以很多科技产品、电路和基础设施都可能在它们的菜单上……我不太清楚,不过你觉得它们能嗅到咱们的装备或者黛安的气味吗?"

"也许吧。"芮恩若有所思地说,"不过驱逐舰还有能源,应该够那家伙继续吃上几年的。"毫无疑问，星盟有阻止猎人对他们的科技产品大嚼特嚼的办法，然而猎人肯定找到了存活的方式。"为了活下去，你需要适应。"这话是乌恩·博杰说的。说了好多次。

"那么，它可能已经吃厌了星盟的东西。我们大概是美味的小甜点，它会兴冲冲地来找我们，就跟你做布朗尼蛋糕时莉莎铁定摸过来一样。"

莉莎在他们身后哼了一声，"从没听说过他们还喜欢吃人类的东西。"

"干吗不直接干掉它？"尼克问道。

"除非确定信标位置，否则不能冒险。要阻止猎人，得用上加农炮、手榴弹或者其他重型火力。这么做肯定打草惊蛇，引来圣赫利人，那就甭想找信标了。"

"反正我更倾向于保证自己毫发无损。"莉莎说。

芮恩叹了口气，转过身看着姐弟俩，"你们待在这儿。我们去去就来。但愿能同时避开猎人和圣赫利人。"

"你说的'我们'，是指你和卡德吧。"尼克干巴巴地说，他不喜欢被落在后面，但他过人的天赋确实不太适合战斗一线。

"信标不会自己蹦跶到我们手上。进入那条船以后,卡德和我会从舰桥开始搜索,用黛安来确定位置。一旦找到,我们就想办法搞定。"

"行。要我给战术隐身迷彩做个检查吗? 有阵子没检查了……"

"好,让凯普搭把手。"上一次检查隐身迷彩还是在去沙普斯-III之前,那都是半年前的事情了。他们和几个宗教狂热分子交易,用半打震荡步枪换了几件上了年月的隐身迷彩。乍看起来这买卖亏了本,但长远来看,这些装备带来的收益肯定弥补了最初的损失。

"你们启动黛安并和我连接上后,隐身迷彩的效果会打折扣。我们可以干扰频道,让它充满静电杂音来掩护你们,但要是有人够细心……"

"那就希望他们分了神,没心思细看。"芮恩说着离开舰桥。

"你去哪儿?"尼克问道。

"看看卡德。"

芮恩希望他已经冷静下来了,毕竟她刚刚主动要求他去"光芒之智号"走一遭。

芮恩发现卡德待在他自己的房间里，双手垫在脑后，望着天花板。她坐在他膝盖旁的床垫上，"你知道我必须去。"

一路向前。只能向前。

他胸膛起伏，长舒一口气，把注意力从天花板移开，"我知道。你想要什么东西的时候，心思都写在脸上。"

一眨眼的工夫，卡德就用胳膊肘撑起身子，视线与她齐平，"你打算摸黑过去，找到信标，拿上它然后想办法逃走。"他歪嘴一笑，眼神里却写满担忧和恼怒。

"你的意思？"

"我们在一起待了六年。你和我，咱们有自己的小游戏。我们从对方身上各取所需，就像，嗯，绕着未来的可能性跳舞……"

卡德一时找不到合适的词，不过芮恩意识到他准确地总结了两人的关系，虽然他的遣词造句很简单，甚至有些空洞，却抓住了要点。她有时也会有类似的想法。想要可能性，想找人述说自己的感受，想倾诉孤独和恐惧，想一起创造美好的未来。但想想他们去过的地方，打交道的人，还有太空旅行的风险……芮恩不愿意思考她可能蒙受的损失。

卡德也不愿意。他已经失去了他的家庭。他的妻子、两个孩子、父母和兄弟姐妹都不在了。他不愿再经历同样的惨剧，尤其不愿疯狂冒险，让惨剧发生在有猎人徘徊的失事船只上。

她能够理解。

但是她依然要下去。他对此心知肚明。

卡德的目光飘回天花板，下颌微微地抽搐，"我在想咱们的第一次见面，那时候索利把你甩向舱壁。"

那段回忆让芮恩露出了微笑，"但我没撞上。"因为她被卡德接住了。当时卡德和博杰麾下的其他船员一起待在货舱看这场好戏。卡德扶她起来的同时，在她耳旁低声说了句"左肩旧伤，膝盖也不好。"然后拍了芮恩屁股一下，把她送回角斗场。卡德的大胆无礼让芮恩感到震惊，她回头瞥了这个男人一眼，而当她转身继续战斗时，索利的拳头已经砸上了她的脸。芮恩像块石头一样咕咚倒地，只觉得天旋地转。她慢慢翻过身，看到卡德皱着眉，满脸歉意。起身后，她改换策略，照着索利的膝盖和肩膀猛击。

她赢下了那场战斗。因为卡德。

这是她赢得地位和改变她拾荒者生涯的转折点。

"你想说，这场战斗我赢不了？"她问。

他扬起眉毛，膝盖轻轻碰碰她大腿，"不，弗吉。我的意思是我支持你。就和往常一样。"

芮恩感到有些胸闷，那是淤积到了一起的歉意、疑惑和希望。"很好。"她清清喉咙，"那你现在来讲讲，怎么才能对付这个猎人吧。"

十

拉科尼亚地表，南河三。

拉科尼亚氧气稀薄，但还没到必须穿防护服的地步。他们从衣柜里选择了保暖的夹克，带上了各式武器和隐形迷彩。有了这种迷彩，几乎不可能有人发现他们在接近驱逐舰。卡德端着步枪，与芮恩一道走过熔岩平原。他的背带上挂满手雷，腰带上也悬了两个。温度低得瘆人，空气中弥漫着刺鼻的硫黄味儿。"黑桃 A 号"降落在他们身后三公里处，由火山的两条山脊遮掩。

"注意点圣赫利人。"芮恩通过频道对莉莎说。

"好的,头儿。"

芮恩没有太担心。这个盖克——假如确实是他——肯定不会把资源浪费在辨识生物信号或者对这片地域进行高强度扫描上。他关心的对象是船上的猎人和战利品。但如果有人和猎人交火,他就会被惊动,那时候麻烦才大。

"卡德,你以前杀过猎人吗?"尼克在频道里问道。

"没。豺狼?干掉过。咕噜①?杀了很多。但是猎人……没有。至少没直接杀过。"

"那亲眼见过它们被杀死吗?"

"可太多了。要拿下它们,最常见的手段是用火箭弹攻击它们柔软的腰部,那里缺乏保护。"

"那精英呢?你杀过吗?"

"嗯,杀过几个……"

"见过斯巴达吗?"

---

①光环世界中,"豺狼"和"咕噜"是人类给齐格亚尔人和野猪人起的绰号。下文的"精英"同理,即圣赫利人。

听到这个词，似乎整个星系都安静了下来，通信频道内只剩下了静电的嗞嗞声，还有靴子踏在坚硬熔岩上的嘎吱声。卡德从未提及这个话题。斯巴达是活生生的神话，人类文明中最强大、最凶悍的战士。在那些传遍千家万户的疯狂故事里，这些人的壮举犹如神话。人们读过新闻和论坛上的第一手报道，看过模糊不清的视频和照片，还有军方发布的剪辑过的影像资料……

"一两次吧。"卡德答道。

"然后呢？"

卡德没开口。他陷入了思考和回忆。

"这么说吧，孩子……他们比传说里的还要厉害。他们比你想的高大，比你想的灵活，你可能觉得斯巴达战士是狠角色，但真见到了他们，会发现'狠角色'完全不够形容。他们的能力超乎想象。有时候你会怀疑，他们到底是机器还是人……"

卡德说完，通信频道恢复安静，又只剩下了靴子踏地的嘎吱声。

"凯普，猎人怎么样了？"芮恩问道。

"没动。"

"莉莎？"

"八个信号依然位于武装货运船内。"

"黛安的定位半径是半公里，你们进入飞船，搞清楚状况后我就启动她。"尼克说。

随着他们不断接近"光芒之智号"，那庞大船体给人的压力也越来越真切，芮恩觉得冷却的熔岩地表仿佛想牢牢抓住她。船骸舰首的三分之一和船尾的推进器都埋在冷却的岩浆里，而船中段的上半部分暴露在外。不过，真正吸引芮恩注意的还是两片夸张的机翼。它们从船尾刺向天空，仿佛某种异星巨兽的獠牙。尽管在火山灰飘荡的环境里待了几十年，船体光滑的曲面依然呈现出淡紫色的光辉；纳米覆层合金从未生锈，从未褪色……

她就像被困在岩浆里，无法挣脱。那奇异的皮肤经受住了高温的考验。当然，岩浆肯定通过撞击产生的破洞和裂隙流进了船内，它们冷却之后犹如抓钩，将这条船牢牢束缚在原地。

"辐射水平良好。"芮恩看了眼读数，"聚变反应堆肯定关闭了。"对船骸了解得越多，她就越确定这条船在坠落时进行了某种程度的损伤控制。

他们走进驱逐舰的阴影，犹如蚂蚁绕行沉睡的恐龙。船壳可见几处锯齿状破口，有些源于坠地时的撞击，剩下的明显被炮火撕裂。

"芮恩。"卡德指了指他们在全息图上见过的洞。那是个巨大的破口，就在船只中段和船首相接的位置。"那么大……肯定是电磁加速炮造成的。"

芮恩停下脚步细看一番，然后从卡德身边经过，还笑着拍了拍他的肩膀，"UNSC干得不错，帮咱们开了门。"

"我们很乐意他们帮这种忙。"卡德迈开脚，慢慢跟上。

来到洞口，芮恩又一次调出蓝图，牢记通往舰桥的最佳路径。

"好了，伙计们，我们进来了。通信频道保持静默。"她压低声音。得到确认后，她关闭了通信连接。

电磁炮对船体内部造成巨大的伤害，随处可见舱壁、甲板和基础设施内的管道、电缆与光纤外露破损。芮恩和卡德确定方向，清楚自己到底在船骸的哪个位置后，没费什么力就在正确方向上找到了一条道，他们挤过扭曲的舱壁，向着舰桥前进。

这艘船是一座由暗紫色金属、敞开式甲板、七拐八绕的走廊、斜坡和跨越巨大空间的桥梁组成的迷宫。几条走廊上封死的舱门让他们多花了些时间。那些破坏程度不高的区域甚至还有灯光照明，它们把走廊染成了诡异的紫色。更让芮恩震惊的是伤亡人数。像这样满是死去星盟士兵的巨舰，她还是头一遭见。到后来，她不再默数自己跨过了多少猎人的遗骸，以及那些依然身穿装甲，手持武器的骷髅……她想知道他们的死因到底是坠机，还是幸存猎人的袭击。

穿过一架大型穿梭机的机舱时，芮恩知道他们离目的地越来越近了。"如果能回收这些物资，够我们吃喝几十年的。"卡德爬上被掀翻的控制台，转身伸手拉了芮恩一把。双手相握时他笑了，"至少够给尼克涨涨薪水。"

"还好他没看到，不然肯定念叨个没完。他还是个小屁孩，但总有一天会晓得闭嘴。总有一天……"

"你这船长当的。"卡德说。

她笑了。

俩人沿着废墟的另一侧下行。芮恩望着他们身下机舱里的运输船和支援船，"我没看到任何损坏迹象。"

"我也是。看样子它们可以直接起飞，修都不用修。"

想到这些军备和物资已经在这里存放了超过二十年，芮恩难免惊讶——肯定有不少小圈子早就知道这里，但没人敢来。对猎人的恐惧——甚至仅仅是关于它们的流言——让这座宝库留存至今。芮恩不希望这些流言消散，这样她以后能回来捞更多东西。

他们又走上一道斜坡。按照蓝图，前方的巨大入口直接通向舰桥。卡德停下脚步，示意贴墙。来到舱壁旁，芮恩发现前方的防爆门敞开着。他们清楚那微弱的生命信号就在门后的某个地方，于是踮着脚往前挪。

到了门边，卡德迎上芮恩的目光，迅速地点点头，然后猛地闪进门内；他指指右边，表示要注意这个方向，接着就消失在了左边的拐角。

芮恩跟上了他，但注意力被房间深处角落的一大坨金属吸引了。

猎人。

两吨重的巨大盾牌被丢在地上，旁边是一门燃料加农炮。那身装甲有一些镂空的部分，可以见到莱科洛蠕虫，但它们一动不动，没有生命的迹象。

两人穿过几扇门, 后背始终贴着墙, 直到过了拐角, 才算有了些掩体。他们身后是另一套装甲——另一个姆加莱科洛。它死得透透的, 那些橙色的干枯肉块不是粘连着装甲、就是散落在地板上。

所以这俩是一对。

芮恩整理思绪。一个死掉的猎人, 加上另一个信号微弱的猎人——可能死者就是它的搭档——这些迹象表明她和卡德也许非常、非常幸运。在她看来, 角落里那个猎人没有威胁, 它看起来像是要死了。

卡德扣扳机的手指轻轻敲打步枪侧旁, 想趁虚弱杀了对方。但芮恩先是引起卡德的注意, 然后摇摇头。卡德眯起眼、抿紧嘴, 露出愤怒的神情。

当然, 她不想让枪声引来圣赫利人, 更重要的是, 杀死一个失去威胁的生物, 不管它是什么, 都不符合她的作风。可卡德不这么想。他的表情仿佛在说, 不论是不是偷袭, 他都有杀死这个敌人的正当权利。对他而言, 这个猎人代表了让他上百个战友惨遭横死的血腥刽子手……对卡德来说, 它依然是敌人, 战争并未结束。

当芮恩提议开始搜寻时，卡德表示了拒绝，示意他要留在这儿提防这头野兽。芮恩并不意外，"我先在周围转转，再激活黛安。"

她走到远处，第一次好好地看了看舰桥。这个控制室既复杂又怪异，让她不禁怀疑人类到底是怎么挺过战争的。这种规格的舰船，加上星盟掌握的科技……战争的结局不只是奇迹，也是人类在灭顶之灾前意志与力量的明证。作为一个族群，人类伤痕累累、伤痛无尽，但依然挺立。

指挥区域位于舰桥中央拔地而起的粗大圆柱上方。它的周围是通向不同站点、平台和甲板的坡道。过去，人们可以经过这些光桥进入中心枢纽。

芮恩检查着每个站点，寻找任何看起来不对劲的物品。舰桥只遭受了极少破坏——所以一路上那些尸体到底是怎么回事依然是未解之谜。她试着把那些可怕的景象抛到脑后，集中精神检查桌台、角落以及任何信标可能滚落到的地方。

直到进入"光芒之智号"的舰桥前，芮恩一直怀抱希望。每一条引领她来到这里的线索都有如天意。但整整两个小时的搜寻过后，她开始失去信心。

又过了十分钟，她赶回卡德和一动不动的姆加莱科洛旁。卡德倚着控制台，枪放在大腿上。"有收获了？"他悄声问。

"没有。"

她脸上写满沮丧，他一下就看出来了，"你想打破静默。"

"我只是想找到那该死的信标。"

她把黛安从包里取出的同时，卡德挺直身子，举枪瞄准了猎人。芮恩没有半分迟疑，启动设备，高举手臂，同时激活通信系统，用只比耳语高一丝的音量说道："尼克，黛安激活了。你能读到数据吗？"

"接上了，头儿。"他的答复洪亮又清晰，把两人吓了一跳。他们盯着猎人，然而对方依然没有动弹。"你这就可以出发。还有……该死，你欠我一个奖励，因为咱们的'姑娘'已经开始唱歌了。快动起来，我来给你指路。"

芮恩让卡德盯防着猎人，自己绕着舰桥边缘走去。尼克几次给她纠正方向。几分钟后，黛安在一条通向舰桥外的走廊上哔哔作响。

走廊对面有几个舱室，进门不过几米，尼克要她停下右转，接着又"左转，绝对是左转"。

芮恩挤过舱壁上的破洞，进入一个大房间。这里看起来似乎是某个次级通信中心。

"很近了，头儿。信号就在你面前。"

芮恩扫视房间。这里的柜台、控制台和桌子都相当光洁……只有门旁遭到了一些破坏。橱柜歪歪斜斜，一些仪表盘扭曲开裂，几张桌子翻倒。她向前走去，留神她接触到的每一样物品，但所有那些东西似乎都显得过于异族，过于星盟，不够UNSC。她把最后的希望寄托在对侧墙上的柜子里，那些柜子横向伸展开去，有房间那么宽，看起来像是某种工作站。

柜台上什么也没有。她单膝跪地，伸手抹了抹光滑、平坦的台面。突然，一块嵌板打开，露出内部。

它就在那里。一堆乱七八糟的外星硬件设备中，出现了一个毫不起眼的灰色金属球。

有那么一会儿，芮恩动弹不得，只能气喘吁吁、目瞪口呆地看着这个二十六年来一直被封存的信标。她揉揉脸，感到一股电流缓缓游过她的每根神经，直至指尖开始刺痛。历史，她正在直面历史。看得见、摸得着的，与"火灵号"密切相连的历史。

与爸爸相连的历史。

"通报下情况，头儿。"

她被尼克吓了一跳。

"头儿？"

芮恩清了清喉咙。她有点激动，"尼克？"

"在。"

"你的加薪有了。"

尼克的欢呼声让芮恩回过了神，她发现自己在笑，尽管还是有些上气不接下气，"船上见。"

"好耶——收到。回见。"

芮恩的手在颤抖。她小心翼翼地把信标从柜子里取出。它冰凉、沉重，绝对是无价之宝。

收纳好信标，她站起身，背上包，朝着舱壁的破口走去，一边提醒自己要集中注意力。她们还不算安全。

离开房间，回到走廊，芮恩发现她迷失了方向。右前方应该通向舰桥，却什么也没有，只有一堵黑色的墙。

等等。这墙在……呼吸？

不，在蠕动。

那粗笨的巨物朝她近了一步。

芮恩跌跌撞撞地后退，姆加莱科洛挺直了身子。

恐惧顺着她的脊柱下窜。全息图显示得完全不对。它没有高举两吨重的盾牌，也没有持握加农炮。它只在那身装甲里扭动，蠕虫状的爪子也像卡德警告过的，能把人抓起撕碎。它的后背和肩膀有利刺，但松垮垮地歪向了一边。

芮恩继续后退，取下肩挂的步枪，拉开保险栓。猎人橙色的腹部和脖子暴露在外，犹如在挑衅，要她发起攻击。

这生物发出一阵怪异的吼声，这是种深沉的震动。与其说那声音回荡在走廊里，还不如说她的颅腔里传来了恸哭声。但这不可能，对吧？她被那声音裹挟，感到深深的孤独和悲伤，几乎崩溃。

"终结。"

她不太确定这个词到底是她听见的，还是从直接出现在她脑海里的。这生物的悲伤刺痛了她的灵魂，泪水填满了她的眼眶。

这他妈怎么回事？

猎人前迈一步，突然握紧了拳头。它跺了跺脚，似乎在诱她向前。

"终结。"

芮恩开不了枪。有什么东西不对劲。她感觉这么做不对。

砰! 砰! 砰! 枪声响起。突如其来的巨响刺穿耳膜, 让芮恩一惊。猎人的对侧身体喷溅出了橙色的汁液。她听到呻吟在脑海中响起, 那声音饱含痛苦、失落和凄凉。它受伤了。

但在所有感情之上, 居然是解脱。令人惊愕的解脱。

猎人转向卡德, 重重跺地, 作势冲向他。

砰! 砰! 砰!

每一声枪响都让芮恩耳朵嗡鸣、眼睛刺痛, 喉咙发堵。这感觉再真实不过, 却完全不合逻辑。

猎人弓下腰, 好些橙色的汁液溅落在地, 其中一些溅到了她身边的墙上, 甚至沾到了她下巴和脸上。

猎人倒下了。而她继续感受着它的痛苦和解脱。

"芮恩!"卡德喊道。

她晕头转向, 说不出话来, 但隐隐意识到他们必须立刻逃走。外头的圣赫利人不可能没察觉到船内的骚动。

"芮恩!"

"在呢。我没事。"

卡德绕过奄奄一息的猎人，没有放松半点戒备的意思。"抱歉。"他喘着粗气。芮恩的目光从那怪物身上移开，发现卡德的手在颤抖。他的皮肤苍白，瞳孔放大，一缕血顺着太阳穴往下流。

"你受伤了？"

他眨巴眼，"啊？"

"你在流血。"

"没。我——妈的！我的脑袋。"

芮恩碰了碰卡德肩膀，他猛地一颤。"卡德，"她小心地说，"怎么了？"

他脸上恢复了一丝血色，"天啊，芮恩，你可能会死。想到这个，我——我就喘不过气。"

她又伸出手去，但他退缩到了一旁。

"它站起来了。这个猎人……可我蒙住了。"

"你在流血。让我——"

他拨开她的手，发出刺耳又疯狂的笑，"是啊。我不止蒙住了，还倒在一堆他妈的碎片里头，把自己给扎伤了。"

"没事了——"

"什么没事！"他的目光依然有些呆滞，"妈的，芮恩！什么叫没事！因为我没有拦住它，它才会去找你！"

他气冲冲地走到一旁，留芮恩独自消化刚刚发生的一切。芮恩望着死去的猎人，想知道她听见和感受到的究竟是不是幻觉。它之所以来找她——因为她是卡德倒下后的第二选择。

但她很确定猎人这么做是为了寻死。卡德陷入昏迷，所以它只能来找她帮这个忙。

也许尼克说的关于它们成双成对的那些话，有一定的道理……

"呃，头儿？那些信号动起来了，正在进入船只。你们还有时间撤离，但最好赶紧。"

"收到。这就出去。"

芮恩把那生物抛在身后，跟上已经跑起来的卡德。"卡德！"她在他背后喊道。

经过支撑舰桥中央指挥中心的圆柱时，芮恩犹豫了一下。就在上面的某个地方，可能有个完好无损的"神圣明灯"……

她朝卡德离开的方向看了眼，又回头瞅瞅那圆柱。信标已经到手，搭档正在远走，她不打算碰这个运气。

回到熟悉的走廊中，她匆匆奔向卡德和前方船壳上的破口，终于又一次踏上熔岩地表，呼吸到了那稀薄、含硫的空气。

等到"黑桃 A 号"进入眼帘，芮恩的耐心也耗尽了。她追上卡德，抓过他的胳膊逼他转身。卡德的脸色恢复了许多，瞳孔也不再大得像餐盘，但眼神中充满了害怕、内疚和尴尬——都是这个前陆战队队员几乎从来不会表现的情绪。

"卡德……等等。这不是你的错。"

他苦笑着继续往前，"为什么？因为我以前的经历？那不是理由。"

"实际上，我觉得这是个好理由。"天啊，他又不是斯巴达。他只是一个凡人。

他停下脚步。"不。这借口说服不了我自己。"他恹恹地答了句，要继续朝前走，但又改了主意转过头，"你知道我有多少次和猎人挨得这么近吗？多得数不清。我说的可是那些身强体壮的姆加莱科洛，而不是什么丢盔弃甲、奄奄一息的家伙。面对它们，我什么时候这样过？"

"卡德……你已经十八年没见过猎人了，所以才会愣住。我没事的，我不用帮忙。别再把这当成你的责任了——我没这么要求过你。"

听到这话,卡德蒙住了,就好像被揍了似的。芮恩知道自己说错了话,顿时后悔起来。她打败索利就是靠卡德帮的忙。是的,她没要求他这么做。可他就是这种人,而且这也是他们为彼此所做的一部分。

他摇摇头,蔫了吧唧地继续向"黑桃 A 号"走去,"无所谓了。"

"不,妈的,有所谓。"

"没有。"说这话的当口,芮恩已经赶了上来,和他并排向前走去。"真的没有。"

"行。等你学会什么叫放松的时候,跟我说一声。"

说完,她把他甩到了身后。

十一

"黑桃 A 号"货舱,拉科尼亚,南河三。

返回"黑桃 A 号",跟船员们简单描述了一下发生了什么以后,芮恩在装卸斜坡上坐下,双手搁在膝盖上,望着这灰色的火山世界和远方的驱逐舰，好奇圣赫利人为什么轻易地放弃了追踪。凭"光芒之智号"搭载的那些个没损坏的设备，再加上丰富的经验，对方应该能跟上她和卡德，但他们似乎兴趣缺缺。

带着硫黄味的微风撩起芮恩的头发，糊住了她的脸，她将那些发丝捋到耳后，眺望拂过平原的火山灰。如果有什么地方能真正符合"异星"的定义，那拉科尼亚肯定算一个。尽管她见过许许多多的美丽行星，然而像拉科尼亚这样的地方依然吸引着她，激发着她流浪的欲望。当然，如果这些地方还有残骸可供回收，那就更棒了。

现在她的心很乱。愤怒和内疚就像两支军队，正打得不可开交。她生卡德的气，因为这家伙居然这么要强。她也生自己的气，因为说出口的那些话。

实际上，他救了她不知多少次。刚登上"哈康号"那段时间，芮恩叛逆得很。她喜欢冒险，喜欢笑着迎向难以逾越的困难，甚至喜欢跟人大打出手，让肌肉僵痛上几个礼拜。所有拾荒人里，她肯定不是最强悍的，但运气和一点点技术助她渡过了很多难关。真要算的话，干这行的人里有的是疯子，但……他们中的大多数都死了。有些拾荒人无法无天，你要是把他们算成劫匪和强盗, 都是给这俩行当抹黑——有个禽兽和他的兄弟们正符合这表述。这帮家伙恶贯满盈, 甚至在星盟也不受待见。她真想送他们的头儿一程, 让他去地狱的第一千层受刑, 然而他始终在银河系里流窜, 给这个世界平添鲜红的伤疤。

有时候芮恩会想, 要是卡德没跟她一起, 她现在会是什么样……

脚步声响起, 震动着穿过金属坡道。卡德在她身边坐下, 双脚直伸着, 两手搁在身后。他望着远处某座看不见的火山喷出的烟羽, 沉默了好一会儿。烟尘随风扶摇, 在熔岩大地的上方打着旋。

"今天真够忙乱的。"

瑞恩哼了一声, "是啊。"

"不过找着信标了。"

"难以置信, 是吧?"她忍不住皱眉, "简直不像真的。我不知道该怎么说……这事情轻松过头了。"

卡德轻笑, "你花了二十六年才找到一条好线索, 弗吉, 这可不轻松。今天发生的事情少不了过去的积累。"他用肩膀撞撞她。

"还有很长的路要走……"

远方的火山尘形成了巨大的旋涡。他们看着它不断舞蹈，直至消散。

"你瞧，我——"

"我说的那些——"

他们同时开口，又同时停下。芮恩笑了，"你什么都不用说。我之前讲的话过分了，而且——"

"是啊。"他说，"是啊。你没求过人帮忙，包括我。只不过，要不是我在边上，你现在可能缺胳膊少腿，也许还丢了一两条船，但怎么说呢，你总归挺得过去。"

"少自以为是了。"

"你也救过我，少说十几次吧。"

他撞了下她肩膀，疲惫地长舒一口气，"不敢相信我居然蒙在了那儿……老天在上，千万别把这事告诉其他人。这我可遭不住。"他心不在焉地笑了笑，眼神里流露出深深的自责。看来卡德要重新振作起来，还需要很长时间，"我老了，弗吉。又老又怂。"

芮恩瞪圆了双眼，"等哪天船彻底停飞，我金盆洗手了，你才能说自己又老又怂。"

卡德抬头, 眯眼打量芮恩, 似乎在权衡什么重要决定, 但最后只是散漫地耸耸肩, "我可以跟你一道退休。"

笑容在芮恩脸上逐渐荡漾开来, 心花怒放, "我想我也可以。"

身后传来砰的一声响, 接着是交头接耳的喳喳声。他们回过头, 看到莉莎和尼克这俩家伙站在高处的狭窄步道上偷听他们聊天, 露着白痴似的笑容。

"嘿, 头儿!" 尼克喊道, "等涨了薪水, 我也可以陪你一起退休。" 然后他模仿亲吻的声音, 使劲嘬了一口。

"这小子, 真是一点自我保护的意识也没有。" 姐弟俩哈哈笑的当口, 卡德迎上芮恩的目光。

"我要宰了他们。"

卡德露出灿烂的笑容, "那得抢在我前面才行。"

卡德起身向尼克冲去, 芮恩紧跟在后。看到他们过来, 尼克发出的尖叫就跟个小豺狼人似的。他的反应让芮恩笑得直不起腰, 而莉莎跟着尼克, 也一边逃, 一边尖声地笑。这些笑声, 卡德三步并两步冲刺时踩在金属地板上的吭吭声, 在货舱内不断回荡。

又老又怂？扯淡。

"头儿？"

听到凯普的声音从广播里传来，芮恩在楼梯上停下脚步，"有个生物信号正奔跑着穿越平原。扫描显示对方是人类。"

她愣住了。卡德和其他人也顿时安静了下来。

芮恩快步跑到更衣间，抓起高倍望远镜返回装卸货斜坡，"哪个方向？"她问。

"从武装货运船往东。"

芮恩望向远方的船只，然后继续向东。她看见的东西让她不寒而栗，"天啊，是拉姆·查尔瓦。"

而他正在逃命。

他的衣服破破烂烂，皮肤裸露，沾满了泥巴和血。他还光着脚，步履艰难。

芮恩的视线移回星盟武装货运船，感到血液冰凉：一个高大的暗皮肤圣赫利人正在瞄准拉姆。芮恩认得他的战斗服款式，她几年前卖过。人类遭到星盟第一波攻击时，许多圣赫利前线士兵就是这副打扮。这个圣赫利人脑袋光秃秃的，颅骨到粗壮的脖子如同一个大肿块。他比其他瞄准拉姆的人更高大，看起来一副颐指气使的派头。他的肩膀上还有什么东西在发光，芮恩看不清，不过她明白——这不是追踪，是打靶练习。再说了，还有什么比拿大活人当诱饵，能更好地钓出喜欢多管闲事的拾荒人呢？

"好吧，至少咱们现在明白他们为什么轻易放过我们了。"芮恩自言自语道，"卡德，去舰桥。凯普，在卡德抵达前就开火。"

"现在？"凯普问道。

"是的，现在！就现在！"

芮恩让斜坡抬高一米，但依然保持敞开，接着等了一小会儿，直到"黑桃A号"的加农炮撕裂大气，击中了武装货运船后面的驱逐舰船骸。"瞄着武装货运舰打，凯普！"她顺着舷梯往上奔，一边暗想以后决不能让凯普沾武器的边，"卡德，你他妈快点！"

一分钟后，芮恩冲进舰桥，此时"黑桃A号"正在升空。"控制接管。"她说着滑进舰长椅，"凯普、尼克，去装货斜坡，我们得捞个人回来。"

芮恩点火推进器，"黑桃A号"向前冲去，速度不断增加，接着猛地左拐转向拉姆·查尔瓦的方向。"莉莎，他在哪儿？"

芮恩喊话的同时，一束等离子脉冲擦过船头。莉莎站直身子，开始寻找……

"那边！"

芮恩一番操作下，"黑桃 A 号"贴地平飞，径直迎向拉姆。接着，芮恩又猛地压下机首。如此一来，那个逃跑的拾荒人只要跑上斜坡就能得救。前提是他还有这个余力。"尼克，凯普，接到人没？"

等待答复的时间似乎长到无穷无尽。

又一束等离子轰在他们身后的山脊上，尘埃扬起，船只剧烈晃动。

"接到他了！走！走！走！"

"抓牢了！"芮恩把推进器推到底，"黑桃 A 号"高高仰起，冲向天空。等斜坡关闭，气闸锁死后，她激活了护盾，然后又一次侧转船头。她不想逃跑，而想要对方付出代价。卡德回头瞅了眼她，她也回望向他。"自动炮台转向，瞄准那条船。"

星盟武装货运船离"光芒之智号"太近，不能发射导弹。芮恩还想回到拉科尼亚回收驱逐舰物资。绝不能毁了它。

卡德点点头，继续回去操控武器。

此时武装货运船开始升空。

"又冒出了三条船！"凯普喊道，"这都是什么鬼？"

"从驱逐舰里出来的。"芮恩利落地答道，"那是'光芒之智号'的舰载船。"换句话说，对手现在可以调动一支小型军队了。

"卡德？"

"立即开火……"

"黑桃 A 号"的大炮在武装货运船上空发出咆哮，然而对方做出快速机动，只擦伤了对方船体的侧翼。紧接着，敌人的炮火开始倾泻而来。

妈的。芮恩不情不愿地拉起"黑桃 A 号"的操纵杆，冲向群星。

十二

"黑桃 A 号"，距离拉科尼亚三万两千公里处。

系统文件检查……完毕

安全检查……完毕

>>>>>>>>>>>>>

ONI 控制台

登录名: ********

密码: *************

>>>>>>>>>>>>>

加密代码: OCTWTF

访问级别: H

审核通过

收件人: 哈恩

发件人: 67159–021127

位置: 拉科尼亚 / 南河三星系

发现: CPV 级重型驱逐舰, "光芒之智号", 坠毁于拉科尼亚地表。基本完好。寻获: UNSC "火灵号" 的日志信标。目前: ……

凯普停下来, 看着闪烁的光标, 想知道自己到底陷入了怎样的局面。

他才和尼克还有莉莎吃过晚饭, 离开休息室。他们不仅找到了信标，还救了一个知名拾荒人。芮恩和卡德大部分时间都在医务舱里帮忙护理，等到来吃饭的时候，他们说拉姆·查尔瓦能挺过去，这让晚饭立刻香了不少。大家情绪高涨，边吃边聊，甚至还玩了几把阿莱利亚骰子游戏——由莉莎和尼克倾情提供。

现在轮到他出卖所有人了。

他意识到自己有些手足无措。如果他能坦诚面对自己，会承认这一刻迟早要来。八个月前和哈恩探员在塞德拉进行接触的时候，他就应该知道。

当时塞德拉遭遇恐怖袭击，无数人的生命被生化武器夺走。他努力了几个礼拜，想通过工作来恢复日常，但终究无法忍受走走过场、做做报告的日子，决意面对现实，面对这个支离破碎、再也无法弥合如初的世界。

一旦感受到了现实的召唤，就没办法回头了。他陷入了深深的忧郁，再好的心理诊疗和辅助手段都无济于事。

尽管卡德没有意识到，但他和凯普其实有一些共同点。凯普也失去了他的至亲好友，他的妹妹、他年轻的弟弟、他哥哥的家庭——他的侄女和侄子……还有塔莉娅。一头红发、笑口常开的塔莉娅。塔莉娅满脑子疯狂的点子，对生活的热情永不枯竭。但那些黑色的物质在她的血管里蔓延,像一群四散的蜘蛛,结下暗色的网。这张网缠住了她的腹部,而里面是六个月大的婴儿……这真是噩梦。

他终于崩溃了。

他在婴儿房里喝得酩酊大醉。这个房间,他的宝宝永远也见不着;这张摇椅,他妻子永远也坐不上;这些书籍,他们永远也没法共读。

甚至这房间,也被他的悲伤吞没了。

他为自己的无能为力而愤怒,他什么忙也帮不上。塞德拉熬过战争,迎来了好日子。他们真的熬过来了。可是为什么会有圣赫利宗教狂热分子发动恐怖袭击,杀死那么多人?这不对。这不公平。这些悲剧就像杀死他家人的黑色毒药那样蚕食着他。

他家的门铃丁零作响,一天,两天,三天,一遍又一遍,一天又一天,他不胜其烦,终于滚下沙发,醉醺醺地站起来,踉踉跄跄地来到门口,咣地把房门甩开。

看到门口站着三个一模一样的人,他困惑不已。"塞拉斯·凯普利?"他们问道。

他眨巴了几下眼,那三个人变成了两个,最后只剩下了一个。他一只手撑着门框，驱散脑海中的迷雾，"你是？"

"海军情报办公室的哈恩。我能进去吗？"

"听着，我已经把报告提交给 SCG① 了，所有东西都写在里面了。"哪怕意识不清，凯普依然记得他在那艘双峰驼级货运拖船上做的重要鉴定工作。就是那条船走私的原材料杀死了他的家人。凯普是他所在行业的翘楚，之所以全神贯注地工作，是为了逃避痛苦。至少暂时逃避。他想甩上门，但哈恩突然伸出了手。

"凯普利先生，我想谈的不是你的报告。"哈恩看上去更像生意人而不是 ONI 特工。他瘦小、和善，还谢顶。他眯着眼打量凯普，"您知道今天是什么日子吗，凯普利先生？"

"管他呢。如果你不介意，我得去沙发上躺会儿。"

他又想关门，可是哈恩再次阻止了他。凯普心中升起的怒意取代了先前的苦涩。他打算让对方滚，但哈恩先开了口。

"我们可以让发生在你身上的事不再发生在其他人、其他家庭、其他孩子身上。"

凯普甚至没有反应过来，泪水就充盈了眼眶，喉咙也阵阵

---

① Sedran Colonial Guard，西卓殖民防卫军的简称。

刺痛。这混蛋竟然敢提到他的家人和孩子。很显然，哈恩探员喜欢自找麻烦。

"你难道不想做出一些改变吗，塞拉斯？"哈恩声音里的真诚，眼神里的同情让凯普感到困惑。他回答不出这个问题，于是笑了笑，决定不管那么多。他敞开门走进厨房。"来点啤酒？"与其说他在问哈恩，倒不如说讽刺自己。

"不用了，多谢。"

凯普耸耸肩，从冷藏柜里拿出一瓶啤酒，转身放在柜台上，手也搁了上去。"威士忌？"探员的冷静举止刺痛了他。看到哈恩西装革履，还用关切的目光注视着快被酒精淹死的自己，凯普不太舒服，"不要？那波利苏 ① 或者 ace ② ？"

"吃顿饭怎么样？"

凯普耸耸肩。反正波利苏已经用完了——他在这种药物的作用下昏迷了几天，然后吞服了所有 ace……到底有多久没吃饭了……好吧，他根本记不清了。一想到食物，他的胃就剧烈地痉挛起来。

---

① Polly-sue，光环世界中多肽合成吗啡（Polypseudomorphine）的缩写，具有强大的镇定效果。

② 一种强力抗焦虑剂的俚语称呼，ace 常和波利苏配合使用。

接下来, 凯普突然发现自己坐在了公寓对街的餐馆里。他不记得自己怎么过来的。他一边心不在焉地听着哈恩说需要做出改变什么的, 一边大快朵颐。

凯普被他们注意到, 是因为他的学科背景, 也因为他已经一无所有。这群该死的秃鹫, 他们希望找个充满复仇渴望的可怜虫。

尽管凯普对哈恩一点儿不客气, 但哈恩说得没错。他确实想发泄, 想让人付出代价。

他们谈到了走私犯, 谈到了战后的环境, 谈到了等待打捞和回收的散落在银河各处的危险武器。它们就遗落在行星上, 等着被下一批恐怖分子寻获, 转而对付无辜的平民。

当哈恩说 ONI 有份工作要给他, 希望他混进卡西利纳贸易线上最著名的拾荒人队伍之一时, 他差点被食物噎死。

哈恩探员真是个出色的招募人员。

凯普想得越多, 就越觉得哈恩的提议有吸引力。

独自回到家, 他冲了个澡……他不记得上次洗澡是多久以前了。哗哗的水流带走了身上的污垢, 与此同时, 他意识到自己想离开, 想远离塞德拉, 把占据他生活的空虚抛得越远越好。

于是他成了海军情报办公室的探员。

他们给他换了个新背景，名字也从塞拉斯·凯普利变成了凯普·塞拉斯——他们说这比起个全新的名字更容易记住（考虑到凯普当时的精神状态，这无疑是个正确的决定）。他们给了他新的家，新的生活，最后还给了他新的工作：成为"黑桃 A 号"的一员。

曾经的他已经不存在了，和他的家人一起死了。

现在的他飘在深空中，不知道自己陷入了怎样的局面。

芮恩·弗吉不是恐怖分子。他很快就意识到了这点，也明白了 ONI 为什么要把他安插进"黑桃 A 号"。芮恩是寻物好手，看上的净是价值不菲，或者可能惹来麻烦的东西。战争过程中，星盟的"垃圾"丢得满宇宙都是，ONI 或者军队不可能把它们回收干净，所以才要在民间组织布置眼线，让他们为自己所用。

"罗马忧伤号"上的那些重武器，本可以用来屠杀平民。

ONI 把他放在这里是对的，他可以抢在其他人之前，抢在数以百万计的平民伤亡之前找出这些祸患。

ONI 发给他的小型手持式笔记本上，光标不断闪烁。他的房间里还安装了信号扰频器。他得到了好些混合了人类和外星人技术的神奇小工具。尼克可能找到了一个追踪器，但那不是 ONI 的, 他们的追踪器还好端端地藏在他的舱室里。

他是团队中的内奸。

得到邀请的凯普, 加入了芮恩的拾荒人团队。但只要扫一眼休息室和生活区, 任何人都能判断出他们不属于哪个恐怖组织或者极端派别。"黑桃 A 号"是一条非常棒的飞船, 同时也是一个温暖的家, 她的装饰物和纪念品来自银河系各个角落。她的船员们团结紧密、性格古怪、敢于冒险, 而且总是能获得不错的回报。

想到自己发回的信息可能会害死这些人, 凯普陷入了犹豫。

可是一两个人的死, 如果能换来百万人的生……

他深深地叹了口气, 揉了揉疲乏的脸, 继续写他的报告。

十三

"黑桃 A 号", 航向阿卡迪亚的过程中。

"那么, 你怎么看?"

芮恩站在尼克对面, 盯着桌上的信标。这东西跟卡德的脑袋差不多大,只是更圆,也不会挖苦人。想到这一点,芮恩就忍不住露出了笑容。

尼克咬着嘴唇,把那块金属翻来覆去,检查它的外壳和只能看见一点点的内里。

"嗯,"他终于说道,"往好的方面看,它已经有二十六年历史了,没准儿更长。UNSC的货很难破解,好在这是个老东西,问题应该不大。我不清楚内部芯片的完整性,或者它用了哪种加密手段,不过还是那句话,都是些过时玩意儿,而你面前的是个天才,所以我们只要运气够好……"

芮恩拍拍他肩膀,"那就开工吧,天才。我们会停在阿卡迪亚暗面,直到你找出它来。我去看看查尔瓦。"

去医务舱只要很短的一段路。进门前,芮恩深吸一口气,试着抹去脸上的焦虑神情。她不想影响船员,因为拉姆·查尔瓦的伤势实在很重。来到病床边,她检查了一番监测器数据,接着把目光移向伤员,希望自己能多为他做些什么。毕竟,躺在那里的也可能是她,或者卡德,或者莉莎。他们全被盯上了。

先前为查尔瓦清理伤口时,她对那些圣赫利人的憎恨有增无减。毫无疑问,查尔瓦遭到了折磨。他身上有等离子的灼痕,也有被虐待后留下的又深又脏的伤口。

尽管如此, 这个男人依然努力保持清醒。他的眼皮还在跳动, 就好像察觉到了她的存在, 想拼命睁开眼。

"我得送你进冬眠舱。"芮恩柔声道, "我们能做的都做了, 但你需要真正的医生。"

只见他的眼皮跳动得越发剧烈, 最后终于睁开看向她。那是一双充血的眼睛。尽管已经使用了大量的止痛剂, 查尔瓦的呼吸还是痛苦不堪, 节奏紊乱。他受了重伤, 身体里有什么东西坏掉了。他需要的帮助, 飞船小小的医务舱无法给予。但冷冻可以为他争取几周, 甚至是几个月的时间……

他点点头, 表示明白。

"我们会带你回威尼西亚。"

"盖克。"说完这句话, 他花了些时间才费力地咽了口气。

"盖克·拉尔。是的, 我知道。"她说, "别担心。他会遭报应的——我向你保证。"

"我被追踪了。"他抓过她的手, "我们都被追踪了。当……心——"

话音未落, 他便失去了知觉。芮恩把拉姆的手放回他胸前。

在呼唤卡德,要他帮忙把拉姆从医疗舱转移到冬眠舱之前,她暗暗承诺,一定会把事情处理好。

尼克用满桌的工具小心翼翼地拆开信标。这个过程花了好几个钟头,因为他得一步步来,同时祈祷信标没装自毁装置。

或许里头只有加密器。

他有信心搞定那些加密数据,但对于爆炸物,他的信心可就不太足了。

他在阿莱利亚上看够了暴力行径。尽管他很高兴能摆脱那块灼热、尘土飞扬的巨岩般贫瘠的星球,但要是没有快递公会和他们的走私货品,尼克永远也接触不到后来令他深爱的技术。尼克小小年纪就在快递公会的折跃货运舰里帮活,接触到了维生系统、常规引擎、超光速引擎,还有许多他拿得到手、拆得开的东西……常规引擎和超光速引擎不在拆解名单内——他可能很年轻,但没鲁莽到那地步。跟快递员胡来,他肯定被打个半死。当然,有时候你什么也没做错也会被打个半死,这取决于对方的心情。

曾经有段时间,快递公会为整个阿莱利亚而战。他们代表民意, 奋起反抗莫斯迪西斯矿业联合的压迫。他们的走私活动为各个市场与城镇带去了金钱、商业和食物。但随着时间推移, 这些不断壮大、分裂的公会, 逐渐远离了社区平民, 反而更像权力的化身。

和莉莎不同, 对于把一切抛到身后, 尼克没那么兴奋。一开始, 他觉得自己只不过从一个帮派换到了另一个帮派, 但他很快发现芮恩、卡德和泰斯——尼克让那个老工程师吃足了苦头——与阿莱利亚的快递员截然不同。泰斯年纪太大了, 只能发出些空洞的威胁, 伤不了尼克分毫, 但芮恩和卡德绝对有能力狠狠惩罚他, 然而他们愿意把东西交给值得托付的人。

他打心底喜欢芮恩。他欣赏她的直率, 她的冷幽默, 还有她娴熟的格斗技巧。说实话, 她跟公会成员谈判, 要他们放尼克走的时候, 他被吓坏了。那些家伙可不喜欢有人充英雄带走他们的出气筒和替罪羊。

那件事发生得太快了。先是芮恩发现她的电脑系统遭到入侵, 接着是他和莉莎遭到审问……后来有个快递员在市场上撞见几人, 芮恩和他进行了一番"坦诚"的交流——换句话说, 芮恩要把两人带离故乡, 快递公会只能吃瘪。

不用说，当这一切结束后，他们匆匆离开了阿莱利亚。这没什么大不了，反正他们近期也不打算回去。

对芮恩和卡德的伙伴关系，尼克不太理解。有时候他们相处和睦，有时候又闹矛盾。两人的分分合合实在谈不上戏剧性，但怎么说呢，这种关系可能有它的用处。尼克离开阿莱利亚后，很快就意识到人在太空里有多么孤独。像他们这样的深空旅人，常常会有些古怪的需要。每次靠港他都跟放了假似的，肯定会去找姑娘。有时候他运气不错，有时候直接被甩，还有的时候只是简单地聊几句天。他和新泰恩的几个姑娘至今还保持着联系……

就在这时，他忙活了半天信标外壳突然弹开了，"啊哈，搞定。"

他忍住了把信标内部元件掏干净的冲动，而是仔细寻找可能会炸了数据芯片的小机关。芮恩为寻找这东西付出了那么多的努力，承受了那么大的风险，要是在最后一步搞砸，芮恩非宰了他不可。

想到这儿，他的手有些颤抖，额上也冒出了细密的汗珠。为什么芮恩总把难办的活丢给他？他捧在手上的东西，就跟她的心肝似的……"没事，冷静。"他自言自语，暗自祈祷 UNSC 没给信标安装自毁装置，而且还提前考虑到了战争时期可能需要快速读取数据，又无法输入安全密码的情况。

他稳住手，慢慢探入信标深处，很快松了一口气：他找到了他要的东西。

"芮恩的小心肝，来看看是谁救了你。"

他小心收回芯片，好像那是新生的婴儿。现在，他要撬开这该死的玩意儿了。小事一桩，对吧？

但几小时过后，尼克几乎抓狂。

刚开始的时候，听"瑟琳娜"询问他安全密码是个挺酷的事。那声音蛮像一本正经的 AI。他喜欢。

虽然也就喜欢了十分钟。

她不停地拒绝访问，尼克逐渐头大。

他疲惫地看着屏幕，运行起了又一个破解程序。这已经是第六次尝试了。漫长的运算过程中，他把下巴搁在桌上，等着结果。

就在尼克快要睡过去的当口，瑟琳娜突然说了句"允许访问"，性感的声音让尼克顿时打了个激灵。

几秒钟后，他摆脱惺忪的睡眼，欣喜地发现自己没做梦。"允许访问？"他迷迷糊糊地重复了一遍，随后才意识到这意味着什么。"允许访问?！"他挺直身子，抓了抓乱蓬蓬的头发，双手在脑后相扣，看着屏幕上出现一行行代码。"瑟琳娜，我爱你，宝贝儿。"

加速的心跳，激增的肾上腺素帮助尼克顺利完成任务，把数据复制到了本地硬盘上。直到这时，他才意识到膀胱胀得快炸了，应该上趟厕所。

芮恩欠他一个天大的人情。

十四

船长室，"黑桃 A 号"。

收到尼克发来的信息，芮恩感到了巨大的压力，胸口如坠千斤重物。她下意识地抚摸胸骨上边那一块，结果郁结的感觉扩散开来，让她连呼吸都困难。船员们迫切地想了解信标内容，但她决定先一个人阅读。这是个明智的决定，她的肚子里已经翻江倒海了。她不知道自己会找到什么，如果结果令她崩溃，那她宁愿待在自己的房间里。

她紧张得难以呼吸，心脏跳着疯狂的舞。点开文件，跳过长长的系统自动报告，她直奔最高优先级消息而去。

安德斯教授被停。其信号已锁定。星盟船只离开阿卡迪亚，准备折跃。截获通信……获得坐标。超光速引擎启动。准备跟踪。瑟琳娜报告完毕。

芮恩难以置信地盯着屏幕。坐标。真正的坐标。也不知道想要欢呼还是要呕吐，她猛地站起，奔着威士忌而去。琥珀色的液体滑入玻璃杯，被颤抖的手端起，她一饮而尽。这个过程重复了数轮。

她抬起手抹抹嘴唇，喘了口气，眼睛刺痛不已。

坐标。老天啊，她从没想过……

随着军方宣告"火灵号"失踪，各种说法满天飞，爷爷对其中一种特别感兴趣：这艘船失踪几年后，有人说它可能卷入了位于阿卡迪亚的一场战斗，然而始终没有任何证据。

现在，韦伯船长的日志和信标证明了那条流言的真实性。

"火灵号"追踪安德斯时还好端端的。如果芮恩记得没错，这条船从那时起就杳无音信了。

直到现在。

她在船只导航系统里输入坐标，调出星图时，双手的颤抖始终未停。"黑桃A号"的数据库里有航运星图和旧军用星图，可是它们都无法匹对这个坐标。"未知深空。"她靠在椅背上，重重地叹了口气。

威士忌温暖了她的肠胃，也抑制了她先前的亢奋。未知深空。他们需要盲跃。他们不清楚自己会找到或者遭遇什么，不过可以肯定星盟军舰也清楚目的地，所以他们不至于撞上恒星或者行星。

但那也是二十六年前的事情了……

芮恩又看了坐标几分钟，决定通知船员去未知之地走上一遭。

"呃，头儿？"

"怎么了，莉莎？"

"有条船正在接近阿卡迪亚。是那条星盟武装货运船。"

盖克终于找上门来了。也好，是时候去他不会跟来的地方了。芮恩身体前倾，"发送坐标。咱们快离开这儿。"

第四章　厄　运

十五

"黑桃 A 号"，未知深空，四天后。

"黑桃 A 号"离开折跃空间，又以亚光速巡航了四个半小时，终于抵达了"火灵号"舰载 AI 瑟琳娜留下的坐标位置。

但这地方看起来没什么特别——只有被遥远恒星和星系刺破的黑暗。

坐在舰桥舰长椅上的芮恩又确认了一遍数据，"卡德？"

"我看到的东西和你一样，但就是这儿。"

芮恩的手指不停地敲打座椅扶手，流露出心中的紧张不安和焦躁，"咱们都知道标准流程，检查一下周围，和往常一样处理。要是有发现,马上告诉我。现在开始搜寻。"她起身准备离开舰桥。

"船长,"莉莎喊住了她,"我在右舷三点钟方向发现了一颗矮星。这是扫描范围内唯一的东西。"

芮恩返回主控台。卡德和尼克也在搜索。"伙计们?"她问道。

卡德摇摇头,"我还是什么也没找到。"

"一样,就那颗矮星。"尼克附和。

"行吧,那咱们去矮星看看能不能找到点什么。莉莎,要多久?"

莉莎输入数据,得到了计算结果,"嗯,如果以 $2g$ 的加速度航行,差不多……一个半钟头?"她有点不太确定地看着卡德。

卡德似乎被逗乐了,"没错,差不多。"

"好,那就这么着。到了通知一声。"芮恩说。

她没换锻炼装备就去了医疗舱旁边的小健身房,顺道先检查了拉姆的冬眠装置。她在跑步机上慢走,任由思绪飘荡开去,想那些毫无意义,也不会有任何结果的问题。

一个半小时过后,卡德喊她回去。

踏上甲板, 在前方迎接芮恩的不再是黑色的虚空, 而是绕转一颗棕色矮星的小行星带。

"贴近细看。"芮恩走到她座椅后面, 双手抓着椅背。她在跑步机上感受到的安宁消失了, 取而代之的是卡德操纵"黑桃A号"向星带飞去时的嗡嗡声。

"该死, 那是……"尼克突然从椅子上跳起, 从控制台伸过脖子, 难以置信地看着景观屏, "那是……金属?"

芮恩走到景观屏前细看。她皱着眉, 心情紧张。尼克是对的。大块的合金混在更小的碎片中, 这些碎片似乎是某种巨型基础设施的残骸。导管、线缆、石块……屏幕上还飘过半座桥, 它的桥塔依然牢牢地被束缚在岩石中。整片怪异的场景庞大到了超现实的地步。

"呃……"莉莎说, "快来个人告诉我, 那不是一座山。"

尽管听起来很疯狂, 然而真的有一座山从他们身边经过, 就好像曾经有只巨手穿过了某颗行星的云层, 它直插地表, 从山脉中扯下参差的山峰, 又丢进了太空。

卡德突然站起, "等等, 那儿有舰船残骸。"

芮恩也看见了那慢慢翻滚的金属块, "尼克, 放大一下。"几秒钟后,图像放大。它看起来似乎是机翼,但款式芮恩从没见过。"抓取图像,移到战术桌。"她走到尼克的控制台前,俯身摁了个按钮,"凯普,上来一下。"

瞬间的通信延迟过后,"收到。这就来。"

等待凯普的过程中,舰桥里充满了震惊、激动,还有困惑的气氛。卡德第一个说出众人共有的猜想:"这是行星的遗迹。"

"会不会是坐标物体的残骸?"凯普走进舰桥时,莉莎这么说道,"也许它原本是'火灵号'的目的地,后来爆发战斗,整颗星球不知怎么着被摧毁了,它们中的一些飘到了这里,被拉进了矮星的重力井?"

凯普走向战术桌。"你怎么看?"芮恩问他。经过芮恩身边时,他的注意力已经被那机翼牢牢地吸住了。

"头儿,你不会相信这个的。"尼克插了一句。

芮恩几乎不敢问他,"怎么了?"

"我发现了奇怪的⋯⋯稍等。"他皱起眉,"越来越怪了。那儿有某种能量盾⋯⋯"

芮恩匆匆走到他身后。"哪儿?"她的目光越过他的肩膀。

"这儿。"尼克指指他屏幕上的光点,"残骸区域。"

"卡德,让船只接近,我们亲眼看看。"芮恩下令。

她出神地看着"黑桃 A 号"进入废墟区域。卡德进行了一系列加减速和漂移操作,让船只在废墟中机动前行,不断缩减和能量信号的距离。

"那是什么?"尼克问道。"黑桃 A 号"反冲减速,和一大块被半透明蓝色护盾保护的废墟保持了相对静止。护盾里面的残骸看起来被闪电焦灼过,立在支离破碎、体积接近大货舰的土地上。

"我以前没见过这种造型的机翼。"凯德低声说道,他没有从先前的图像上移开目光。

"尼克?"芮恩问道。她对废墟更感兴趣。

"护盾读数类似星盟能量屏障。但……不太一样。"他看着她,"这个护盾,肯定不是白白存在的,对吧?"

"里头有大气和地心引力。"莉莎说,"各项指标对咱们来说近乎完美。你们觉得那是人工建筑吗?比如殖民地?或者殖民地剩下的部分?"

没有人答话,但所有人都想到了"火灵号"和它的一万一千名船员……

芮恩不打算抱这么高的期待，但那屏障肯定在保护什么东西。考虑到那堆废墟可能算是某种避难所，也许有人类生存，他们有责任看一看。她坐回舰长椅，在思绪激荡、肾上腺素激增的同时，还承受着理智与情感的天人交战——她可真想不顾一切地冲进去啊。船员都扭头看着她，急切地等待命令。"我们谨慎靠近。先检查一下护盾。"

尼克花了点时间捣鼓他心爱的无人机"米歇尔"——另一个他改装过的玩具——然后把它发射进太空，遥控着接近能量护盾。

"它正在进去。"米歇尔穿过护盾时，尼克的鼻子恨不得粘在控制器上。几秒钟过后，系统开始源源不断地收回她发出的数据。

"她的状态很好……哦，这可真是……不得了。我收到了生物信号。信号微弱，来自内部，可能在地表几米以下。"他抬头迎上芮恩的目光，"环境数据近乎完美，米歇尔的数据显示咱们可以进去。"

"再仔细检查一遍。"芮恩在她的屏幕上拉出读数，寻找能体现危险迹象的蛛丝马迹。但米歇尔的报告内容毫无异常——所有传感器数据都是绿的。从各方面来看，这个护盾都只是个简单的环境力场，它能阻止气体的进入和逃逸，也允许坚硬的物体毫发无伤地通过。

"没发现任何问题。"尼克说，"所有指标都显示我们能进去。"

卡德正在监控"黑桃 A 号"位于废墟区域的位置，莉莎则多留了个神在周遭的残骸上，凯普还在翻来覆去地看机翼图，不时进行搜索，试图找到匹配的结果。芮恩的心思不在机翼上，但凯普检查图片时，她心底似乎要被勾起某种东西，而且——

"芮恩。"卡德把她的思绪拉了回来。

全体船员都看着她。"黑桃 A 号"已经停在了能量护盾的边缘。"咱们进去。"

"黑桃 A 号"缓缓穿过能量护盾。那古怪的半透明光晕滑过船头，就像蓝色的浪花，吞没了所过之处的一切。芮恩下意识地认为她在经过能量场时会感到刺痛、烧灼——或者更糟——但什么都没有发生。等所有人都进入护盾内部，她检查了传感器和舰载系统，发现它们也安然无恙。

"尼克，切换到地面视角。"芮恩看着镜头切换。画面中出现了早已枯死的植被和一条宽阔的石板路,它通向那栋墙面开裂、扭曲的建筑。由于道路和建筑损毁严重,难以判断它们究竟属于哪种文明。看来,只能凑得更近点才能揭晓答案了。

不过首先,他们得找个地方让"黑桃 A 号"降落。卡德已经抢先一步,让船飘向了一大块凸起的不平整岩石,那是座悬崖,能给船只些许保护。

十六

未知遗迹,残骸区域,未知深空。

跟船员们做过简要的说明后,芮恩和卡德穿上作战服,去了军械库。他们选取了一把突击步枪、三把手枪和一袋手雷,接着离开气闸,顺着斜坡下走去。地表不算黑暗,能量屏障投下的柔和的蓝色光影,让芮恩想起了地球的明月夜。

"先前读数确认。压力正常。温度是舒服的六十一华氏度①。"卡德慢慢走开,读着腕戴电脑的数据,"氮、氧、氩、二氧

① 约为 16.1 摄氏度。

158

化碳……大气成分也符合指标，重力略低于1g。"说完，他松开了头盔的锁扣。

"卡德——"

头盔松脱。他深深吸了口气，对她粲然一笑，"大气状况，确认。"

"自作聪明。"芮恩也卸下头盔，挂在后腰带上，然后摁下领口的小钮，"切换到腕戴系统和外部音频。"

"生命信号依然微弱不清，不过绝对在地下。我会继续监控，如果有变化立刻通知你们。"耳机里，莉莎的话响亮又清晰。

"米歇尔到路的尽头了。那建筑有门可以进去。"尼克说道，"在你们四十度角方向，约六十米。"

"那不就在拐角处。"卡德摇摇头，平淡地回答。

"我还以为你们想听更专业点儿的说法。"

芮恩微笑道："准备好了？"

作为回答，卡德把步枪从背部拉过肩膀，"一切就绪。"

他们紧盯着岩石和石板路的动静，同时检查运动传感器数据，这些传感器的作用半径是十米，算不上顶级货，但派得上用场。

"凯普，机翼有什么发现吗？"绕过几块碎岩时，芮恩问道。

凯普似乎有些困惑，"嗯，啊。我找到了一篇外星文明考古论文，有些设计对得上。这个机翼，我想，应该是——"

"先行者。"这时候芮恩绕过岩石，看到了尼克说的那扇门。只见建筑发黑的表面被光滑的石材取代，一行先行者文字清晰可见。它们古老、完好，令人印象深刻。"这整个地方都是先行者的地盘。"芮恩简直不敢相信她说出口的词。她转了一圈，环视整个废墟，想象它曾经的模样。

"生物信号有动静没？"卡德说着，通过了高耸的大门。

"这建筑地下一定有好几层。"尼克答道，"不论对方到底是谁或者什么，肯定在下头。我没法判断数量，奇怪的干扰太多了。"

"如果这是先行者的遗址。"卡德停下来看了芮恩一眼，"那他妈谁在下头？"

"问得好，咱们去把答案找出来。"

芮恩溜进建筑。往里走了没几步，一股蓝色光束扫过她和卡德。紧接着，地板上亮起淡淡的蓝光，有文字，有图案，它们照亮了一条通道，引着两人前往中央控制台。它比附近的其他东西更明亮。

"我们触动了传感器。"卡德在她身后说。

这房间比她想的更小,是个圆形空间,中间有一根粗大的柱子,两侧的走廊没入黑暗。真正吸引人注意力的东西还是控制台。它显然是为比人类高挑得多的物种设计的,控制台的屏幕上有许多奇怪的符号与标识,它们发出的奇异蓝光不断搏动,令人神迷。

控制台上一个凸起的圆盘吸引了芮恩的注意力,它上面有个轮廓,似乎像一只手。看着它,芮恩就感到手痒难耐,忍不住要去摸。

但卡德抓住她腕部,"你在干吗?"

卡德抓得那么用力,芮恩竟无法继续她的动作。有那么一刹那,她想推开卡德,抽开胳膊,一巴掌拍在那圆盘上。"我不知道。"这是怎么回事?那感觉稍纵即逝,让她感到好奇,也有一点后怕。她打量卡德的脸,想知道他有没有受到同样的影响,"你不想碰它?"

他嘴角抽动了一下,露出了一副她从没见过的滑稽表情。

对于芮恩的问题,他有无数种回答方式,但他选择了沉默——虽然那和善的笑容令她心乱——这正是芮恩相信他的原因。

芮恩强忍笑意。卡德其实是块当情圣的料子，可他并不冒进，在船员们面前始终对她保持尊敬。这做法对于她的名声大有裨益。她感到暖意流遍全身，那种生机勃勃，充满希望的可能性重新出现了……

这会儿不行。晚点儿，也许再晚点儿。

她摇摇头，放下这些心思，转身观察连通中央柱子的左右两侧走廊。那里的墙壁没有发光，但向黑暗中延伸的地板上布满了闪闪发光的符号。

"走左还是走右？"她问。

"伙计们，快撤！"尼克突然喊道，"快撤！有条船！它一直待在屏障里头，就在废墟后面。它肯定用了隐身设备……现在正在启动引擎！"

"星盟武装货运船，"凯普急切地补充，"信号特征跟拉科尼亚那条一致。"

芮恩怒不可遏，"我们被跟踪了。"她又想起了拉姆·查尔瓦的警告。盖克·拉尔居然跟来了残骸区域。他们谨慎探索，结果让圣赫利人占了两小时先机。这些家伙先停船, 抢在她前头到废墟探索了一番。

还做好了伏击的准备。

"我们怎么办!"莉莎吐出的每个字都带着颤音, "起飞还是怎么? 你想让我做什么?"

"他们已经锁定你了吗?"

"呃……没有。不过我们肯定被发现了。等等! 锁定! 他们在锁定我们!"

"收起斜坡, 打开护盾, 起飞。"芮恩毫不迟疑地说, "利用残骸当掩体。"

他们朝门口跑去, 卡德冲在前头。"快起飞, 莉莎。"他命令道, "我来掩护。"他跑出建筑, "武装货运船起飞了, 在废墟后面。我看到他们了。"

"你们那儿出现了六个生物信号!"尼克刚喊出口, 芮恩突然被谁从身后抓起, 一把将她扔回建筑里。她双脚离地, 在空中飞了好一会儿, 砰地撞在中控台上。

她背部传来剧痛, 脖子就像被勒住似的无法呼吸。天哪。她想要挣扎着站起, 但视线模糊, 肠胃翻腾。她抬起手撑住控制台，试着逃开，结果却激活了整个系统，只见蓝光照亮了每个图案和符号。

芮恩呻吟一声，松手滑倒在地。

噔、噔、噔的巨响犹如炸雷，在空中回荡，那是装甲踏在石板上的声音。芮恩抬起头，看到空气扭曲变形，然后浮现出了两米五高的圣赫利人。隐身设备。难怪打了他们一个措手不及。

来人无疑是盖克·拉尔。芮恩在拉科尼亚用望远镜见过他的长相。这家伙弓着背，露着两条又粗又长的胳膊，手一会儿握紧，一会儿松开，好像正把她的性命玩弄于掌心。

芮恩的大脑向她发出警告，原始的本能催她快逃，这不是她打得赢的对手。芮恩不顾后背和脖子火辣辣地疼，起身绕到了中控台另一边。通向出口的道路就在她和这个外星人之间。她作势慢慢向着一条黑暗的走廊接近，同时摆好了角度，准备冲向出口。她希望盖克被假动作蒙骗，这样就能从他身边溜过去。

面对八英尺①高，三百多磅②重的前星盟指挥官，逃跑绝对

---

① 英美制长度单位，1英尺约为0.3米。

② 英美制质量或重量单位，1磅约为0.45千克。

是不二选择。

通信频道中满是船员的喊叫和卡德的命令。墙外传来的巨大爆炸撼动了地面。芮恩清楚那代表了什么——为了扰乱敌人、掩护"黑桃 A 号",卡德丢了一两枚破片手雷。残骸区是玩捉迷藏的好地方,莉莎又是个非常好的驾驶员,再加上尼克和凯普帮忙,他们会没事的。

反倒是她自己……

盖克移动时,他肩膀背带有什么东西在反光。妈的。那不是"狗牌"①吗?冰凉的恐惧游走在芮恩的皮肤之下。她从枪套里抽出手枪,而那个圣赫利战士仰起头,张开四副下颌,发出低沉而自信的声音,似乎在笑。面对一个虚弱的人类女性和她的破烂武器,他那双灰色的眼睛里露出了愉悦的凶光。

"我操。"芮恩嘀咕。

这个圣赫利人故意迈出一步,让她看盘旋在他身后的东西。这改变了一切。

那是"神圣明灯"。他要么是在"光芒之智号"里找到的,要么就是在这片废墟里。

---

① Dog tags,战时士兵的身份证明牌。

妈的。

拾荒人的天性暂时压过了恐惧。她想要这东西。芮恩挺直还在发疼的后背，也不管到底有多假，歪歪脑袋，摆出一副就事论事的派头。"我一直在找这东西。"

圣赫利人眯缝起眼睛，大声地回答了些什么。"翻译。"芮恩悄声说，三秒延迟后，计算机合成声在她耳畔响起。

"你怎么敢亵渎众神的圣所！你怎么敢站在他们的居所，用不洁的目光注视他们的赐礼！我很高兴能为圣所抹去人类散发的恶臭。"

他也会受伤，会流血，和其他人一样。芮恩再三告诉自己。

控制台的光芒越来越亮，突然间，房间里响起了不知何处传来的说话声，充满整个房间。"回收者？"接下来的几个词被静电声替代，但那是激动的、欢快的、释然的词语。"你来了，回收者！谢天谢地，你终于来了！"

盖克·拉尔瞪着控制台，那声音让他既敬畏又愤怒。他怒视芮恩，好像她和这事有关似的——芮恩突然意识到，她被丢到这里时，碰过那该死的手部扫描装置。

她耸耸肩，"这是你的错，大个子。与我无关。"

他的能量剑发出闪光, 嗖地激活了。

芮恩举起 M6, 对盖克裸露在外的脑袋开枪, 但他以难以置信的速度朝右闪躲。结果一枪被胸甲弹开, 另一枪只是擦过了他的头皮。芮恩听到卡德依然在建筑外面与敌人交火。她不知道圣赫利人有多少舰艇和同伙, 也不知道她的船员们需要应付什么样的状况。

"不洁的蛆虫!"他咆哮着向她冲来, 但这时黑暗的走廊又冒出了两个圣赫利人。"去吧, 弟兄们。"盖克对他们发号施令, "我这儿要不了多久。"他们跑向了门口。

该死。卡德还在外面。"卡德! 后方敌袭! 莉莎, 回旋飞行, 支援卡德, 料理掉那武装货运船, 办得到吧?"

爆炸的火光照亮了入口。

"别担心, 莉莎, 我搞定他们了。"卡德喘着粗气, "铝热剂糊脸感觉不错吧, 杂碎? 我剩下能给他们的惊喜和选择不多了。'黑桃 A 号', 你们在上头怎么样?"

尼克在通信频道里大喊, "现在我知道你为什么喜欢这船了!"

"我们扫描到四个敌人在武装货运船上, 三个在地上。"凯普说道。

"地面就剩一个了，收拾掉他。"卡德说，"我这就来，弗吉。"

芮恩花了半秒钟才意识到——

盖克·拉尔背对着入口，他的能量剑闪着诡异的光芒，而卡德没有意识到危险。

"别，等等！卡德，不要——"她绝望地向前冲去。

但卡德已经进入了建筑，而盖克的能量剑彻底点亮。卡德终于意识到情况不妙，却来不及闪躲。在电光石火之间，他做出了最明智的判断——丢出那袋手雷，让它们从地板上滑向芮恩。而下一瞬间，能量剑毫不费力地刺穿了他的胸膛。

芮恩恐惧地尖叫着踏上控制台，又跳到了盖克背上。她用M6抵住对方颅骨扣下扳机，但与此同时，那圣赫利人挥起的胳膊也抡中了她。子弹只划烂了他的左眼，在胸甲上弹飞。鲜血从盖克的伤口汩汩往外涌，他发出了痛苦的咆哮。他伸出双手抓过芮恩肩膀，把她朝前抛出。

芮恩撞在墙上，腰椎疼得仿佛被撕开了一般。

剧痛和恶心一波波袭来，席卷了她全身。但震惊和恐惧使她挣扎着向前爬去，来到了那袋手雷前。袋子里只剩下了一堆闪光弹和一枚破片手雷。没关系，一枚手雷就能把他炸飞。闪光弹没有什么用。她不想干扰敌人，趁机逃跑。她不会离开卡德。

芮恩咬紧牙关，喘着粗气逼自己站起，抑制不住地呻吟。冷汗浸透了她全身，视线也模糊不清。疼痛下延到双腿，让她难以承受。

那圣赫利人俯下身，扯下卡德脖子上挂的"狗牌"，然后向芮恩微微侧身。靛蓝的血液从他左脸涌出，沾染了丑陋而尖利的獠牙。他的下颌不住颤动，剩下的那只眼睛里恨意熊熊燃烧。看着他，芮恩也感到了愤怒，但那是种冰冷、压抑的怒意。

她举起手雷。

那缥缈的声音停下了它的喋喋不休，说道："如此强烈的爆炸会导致……"

芮恩无视了它。她当然清楚破片手雷的威力。

盖克·拉尔也清楚。

芮恩心中没有怜悯，没有自我保护的打算，也没有恐惧——复仇的渴望占据了她，咬噬着她。她的泪水已经流尽，只剩下双眼的刺痛，但她不曾移开目光，决不能让这残忍嗜杀的生物感到哪怕一丝丝的惬意。她要让他明白，她什么都做得出来。

她高高举起手雷，轻轻弹开保险。

他们紧张地对视了很长一段时间。她做得出来。只要他敢往前走一步——

盖克瞟了眼"神圣明灯"，陷入迟疑。他想战斗，但这装置——对他来说，这件圣遗物——太过珍贵，绝不能遭到破坏。它比什么都重要。盖克用剩下的独眼恶狠狠地瞅了瞅芮恩，把卡德的"狗牌"甩到肩上，接着冷笑一声从他身上跨过，带着"神圣明灯"逃出了门。

芮恩听到通信频道里传来船员们的说话声，但它们仿佛成了背景杂音。

所有的一切都不过是背景的杂音。所有的一切。除了卡德。

十七

先行者遗迹，残骸区域，未知深空。

芮恩背部的疼痛一阵接一阵，犹如不断袭来的巨浪。她忍住泛到喉头的胆汁，半跪着爬到卡德身旁。卡德的手放在胸前，但完全遮不住被能量剑灼烧过的创口。他呼吸微弱，断断续续，目光涣散。他不停地眨眼，拼命保持清醒。

"卡德。"听到她说话，卡德扭过头。他抬起手胡乱摸索，想找到她。芮恩紧紧攥住那只手，同时迅速检查创口，想做点什么来平息他的痛苦，治好他的伤。

但已经太迟了，她什么忙都帮不上。

他的手捏了捏芮恩，她的注意力又回到了卡德苍白的脸上。他凝视着她，居然露出了微笑。芮恩的泪水在眼眶里打转。卡德想说话，但涌出的血呛到了他。他努力吞咽那些血水。

"嘘，你不用——"

"没事的，弗吉。"他挤出几个词，"我猜……总归不能永远一帆风顺。"

他眼皮颤动。芮恩手上用力，俯身向他，"卡德，不要。"她贴着他的脸，眼泪终于夺眶而出。

"没事的。"他气若游丝。

芮恩抱起他的脑袋。卡德闭上了眼睛。他不再颤抖，不再动弹。

"尼克。"芮恩命令道。狂野的怒火游走在她的每一根神经里。"火力全开,把所有弹药都照着那船砸过去。"

"已经这么做了,船长。"他又愤怒又伤心。

船员们的通信又一次化作了背景音。芮恩下意识地听着事态发展:那条星盟武装货运船冲下来接走了盖克·拉尔,进入残骸区,和"黑桃 A 号"打起了追逐战。

如果真有机会能阻止那条船,他们必须自己动手。

那样也好。她不会离开卡德。

芮恩不清楚过去了多久。半个钟头?一个钟头?两个钟头?

无所谓了。感觉就像过了一辈子。

她听到盖克和他的手下设法穿过残骸区,离开了本星系。

后来,莉莎、尼克和凯普带着医疗舱的重力担架来了。芮恩盯着担架,逐渐意识到一个残酷的现实:她不能一直待在这儿,不能永远陪着卡德。很快,她就得跟他告别了。只是这次告别……会很难。

泪水再度刺痛眼睛,但她忍住了,连同喉咙里的哽咽一起。

莉莎跪在卡德身侧,鼻子和眼睛都哭得通红的。尼克在他姐姐身旁坐下,搂着她。他的眼眶同样泛着泪光,稚嫩的脸庞上还可以看见一道道风干的泪痕。

他们为卡德默哀。他们从没想过会有人在旅程中亡故——也许有过,但那念头如同模糊的影子,如同一声呓语,仅此而已。

众人的悲痛是另一件芮恩不曾预料的重担。事情不该变成这样的,这是纠缠她的梦魇,这是她寻找的答案,他人不该为此而死。

"你带止痛剂没?"她问凯普。凯普沉默地低着头。她看不到他的脸。

听到问话,凯普回过头,带着迷离的眼神点点头,去担架的挂袋里翻找了一番,随后在她身旁屈膝准备注射,但芮恩从他手中拿过了注射器。"我自己来就行。去帮下卡德吧。"

她把药剂注射进大腿,闭上眼数了几秒,数着秒感受药剂在血管里流动,逐渐麻痹神经。然后她睁开眼,看着船员们把卡德搬上担架。尼克启用了反重力装置,凯普向她伸出手。这善意超过了她能克制的极限,再加上止痛剂的作用,她终于失去了对情绪的勉强控制。负罪感像海啸一样吞没了她。看着凯普伸出的手，她感觉到无比虚弱。

他的眼神里有某种东西，那是她从未见过的深深理解……就好像他对于痛苦和悲伤也有过切身的体会。

他又示意了一次，要她接受他的帮助。这回，芮恩没有拒绝。

"等等，你们在做什么？"

听到不知从哪儿传来的声音，所有人都停下了动作。那声音尖利刺耳，似乎非常绝望。芮恩完全忘记了这奇怪的声音，从卡德死以后，它一直保持着沉默。

"如果你们要走，带上我。我是来帮忙的，回收者。"

恍惚中，芮恩疲倦地叹了口气，要船员们先带卡德回船。

目送众人离开，一种阴冷、凋零的黑暗在她心中生根发芽，用坚硬、苦涩的外壳包裹住了她的情感。她必须控制住心中的悲伤，因为她不能崩溃，不能弃她的船员们于不顾，让他们失去领袖，失去可以倚靠的强大力量和敏锐头脑。

她辜负了卡德。天啊，她怎么这么无能。

这种事不会，也不能再发生了。

她慢慢走向控制台。即使存在药物的阻断作用,后背的灼痛感依然强烈。她抬起胳膊擦擦湿漉漉的脸,双手放在控制台上,强迫疲惫的喉咙发出声音:"好了,不管你是谁,你有五分钟时间。"

"我是,"刚开始自我介绍时,那声音还有点自傲,但似乎很快就忘记了自己的身份。"我是……这座设施的看护人。我是……你回来了。不。不一样。啊。是的。回收者。我在这里,被困在这个控制台里,准确来说,在这块芯片里。我是一点……一点点……小不点儿。"

"你是先行者 AI。"

"没准吧? 但是,哎呀,就残存了一点点。"它发出了奇怪的、充满金属声的叹息,"支离破碎,忘记了自己是谁,又要做什么。我只是一个小不点儿。我一直运行,一直跃迁,一直拷贝……一块接一块,一点又一点。你是回收者。所以,并非所有一切都遗失了。"

"回收者?"

"当然。我一直坚信整个……整个……"

"整个什么? 整个星球? 你想说的是这个?"

"不，不是星球。不全是。不过也算吧。你是为了飞船来的吗？"

芮恩想起了他们在残骸带中见到的机翼，"你是说先行者的飞船？"

"是的，没错。它们围绕着我们，支离破碎。我很抱歉。我阻止不了他们。我应该跃迁。保持跃迁，保持拷贝，一块又一块。不过，等等……我记得，你们所做的。"

听到他语调起了变化，芮恩警觉起来，"做了什么？"

"毁灭。你们毁灭。所有这一切。"

"不可能。我们才刚刚抵达这儿，什么也没做。"

"但我见到你们了。我见到了你们回收者的飞船。护盾残余百分之十五。我们得走了。我必须服务。"

"哪条船？"

"UNSC 所属 CFV-88 凤凰级殖民船，船名是……当然是'火灵号'。看来我把一些数据放错地方了……拷贝嘛，你得理解，那么多拷贝。但我记得这件事。这是最后一件事。最后的事情总是记得住的。"

荒唐的感觉如同小径，从药物麻痹的脑海中蜿蜒穿过。她笑了起来。那是茫然的笑,她的大脑已经到极限,无法处理其他事情了。

为了寻找这条船,她先去了"罗马忧伤号",又追到"光芒之智号",总算找到信标,现在又碰上了一个先行者 AI,它连船的名字都记不起……却清楚它毁灭了这个世界。

短短的时间里,取得了这么多成果,但目标似乎越来越远。她追寻的东西,真的还重要吗?

"我不确定您的笑是否可以划分为幽默。幽默被定义为一种情绪或精神状态,人们借此感受或表达喜悦、得意、欢乐、兴奋——"

"我知道什么是幽默。"

"你是回收者。这是我的职责。我的职责需要我等待你,或者等待你就是我的职责?我无法区分其中差别。你能吗?"

"不太行。"芮恩抹去眼角的泪花,"所以你想离开这堆岩石?"

"是的。"

"行吧,"她疲倦地答道,"为什么不呢。"

"那么请稍等。"

屏幕上的光芒逐渐黯淡，它们流向控制台中央的半圆状隆起。那组件向后滑开，露出一块芯片。芯片有着与控制台文字相似的蚀刻纹路。

"你可以带我走了。"

十八

"黑桃 A 号"，残骸区域，未知深空。

芮恩踏进船内，打开气闸，慢吞吞地爬上楼梯，走向医疗舱。止痛剂的效果正在退去。她想象着船员们怎么用货梯把卡德带去了医疗舱。这画面残忍地在她脑海中挥之不去。

医疗舱里只有莉莎一人值夜，这姑娘看起来既害怕又忧伤，而且那么年轻。她抱着胳膊，茫然无措。

听到有人进门，莉莎抬起头，大大的眼睛里充满了悲伤，芮恩感到自己的心被狠狠刺痛。"我们该怎么办？"莉莎的泪水打湿了嘴唇，"我不知道该做点什么。"

芮恩没有说话或者安慰别人的心情。但她还是这么做了。

莉莎紧紧地抓着她,一边哭一边发抖。她乱蓬蓬的鬓发顶得芮恩下巴发痒,闻起来有汗水和恐惧的味道。这让芮恩想起当时她独自驾驶飞船迎战星盟武装货运船,有多么疯狂。

"嘿,你今天干得不错,你照顾好了'黑桃 A 号'。"

莉莎微微抬头,目光越过芮恩的肩膀落在卡德身上,"但我没能照顾好他。"

"不怪你。那是我的工作。"

"你已经尽力了。我们都尽力了。对吧?"

芮恩绷紧胸膛,挤出一丝笑容,"我来照顾他。你去休息一下,去看看你弟弟。"

一直等到莉莎离开,芮恩才一瘸一拐地来到医疗柜前,又给自己注射了一剂止痛药。针扎进身子,她弓着背等了一会儿,然后挺直腰杆,面对担架。她只有帮乌恩安葬博杰,还有安葬乌恩那么两次经验。她倒是清楚该怎么做,只是没想过她得为自己的船员做这些事,特别是为卡德。

这些步骤,她进行得很慢:她花了很久才为卡德脱下衣物,清洗好身体,去他的房间取来蓝礼服。她需要一个庄重的仪来告别。整个过程中,她没说一句话,没落一滴泪,甚至什么也没想。她只是机械性地执行着一系列并不复杂的动作，完成简单的任务，摁下小小的按钮。

她爱他。她和卡德真是太蠢了。由于害怕失去彼此，俩人竟在保持亲密关系的同时，尽可能地让心灵远离。现在，他永远地离开了，她追悔莫及。

两个半小时过去，他准备好了。

打破沉默是件困难的事，但芮恩还是开启了全船通信，"莉莎，带我们去那颗矮星。"她不必解释理由，也不用做出其他任何指示。他们都明白。

"黑桃A号"调整方向，而芮恩回到房间，脱光衣服冲了个澡。水花落在皮肤上的刹那，她再也支撑不住。愧疚和悔恨的重担压得她跪在地上啜泣，瘀青的后背在水流的冲刷下发出阵阵刺痛。

"他和家人团聚了。"莉莎低声说道，她的语调里带着祈愿与忧心，"一定是这样的，对吧？他的家人也在那儿……"她瞥了眼芮恩，看着单人太空舱发射进太空，向着矮星飘去。"对吧？"

芮恩喉咙里似乎卡着什么东西，她努力把它咽了下去。她想起了那些她失去的人：她的爷爷、姨妈吉莉安、博杰夫妇……天啊，太多了。她不是一个有着坚定信仰的人，此刻能做的只有希望。"是啊……我想他总算回家了。"

芮恩转身走向舰长椅，险些习惯性地给卡德下飞行命令。

差点脱口而出的话语又一次刺痛芮恩，但她忍住了悲伤。先带大家回去，然后再崩溃不迟。"凯普，启动折跃引擎，我们离开。"

她最后看了眼已经在矮星背景中化为尘埃大小的太空舱，坐了下来，准备折跃。

"呃，船长？"凯普看着他的屏幕皱起眉。"我们的自旋太快了。不知道什么情——"

一个熟悉的空洞合成声突然响彻舰桥。"抱歉，是我做的。我是工程师。"

芮恩惊呆了，她检查了一遍系统，"你是一块芯片，被我丢在我房间的桌上。"她强做冷静。这东西没理由跟他们对话，她并没有把那芯片接入"黑桃 A 号"的任何网络。

"我的大部分确实如此。但你碰触控制台时，我沿定向能量束进入了你手腕上的存储单元。现在我接入了船只的主要数据系统。我一直在评估你们的系统和技术,它们非常需要伺服。这艘飞船缺乏人工智能,折跃能力也一度非常原始——"

"一度?"

"哦,是的,我对硬件和软件做了一些调整,尤其是导航系统、星图系统、通信系统和折跃引擎。你们会注意到速度和精确度的提高。如果你们的工程师,也就是我,能被允许对飞船做一些物理上的修改,还能继续提升一个量级……"

"哇哦,哇哦,哇哦。"尼克几乎从椅子上蹦跶了起来,"一个AI?"

"是的。我是……残存的碎片。只是一个小不点儿。"

"就是你一直在干扰我们的系统?"

"干扰……我不明白什么意思。稍等。啊,是的。干扰。没错。我确实'干扰'了系统。我还能优化船只的输出功率和隐身能力,调整引擎种种令人困惑的设置,让它更为高效。"

芮恩想假装坚强,维持往日的姿态。但现在,一个先行者AI入侵了她的船。她真想抱住脑袋,或者爆发出那些淤积在胸口的,既歇斯底里又悲伤的笑。但这两件事她都没有做。现状超乎寻常, 很可能走向意外和灾难, 然而她又从中看到了希望。这一线希望挂在悬崖边晃荡, 你想抓住它, 首先得会飞。

"这靠谱吗, 船长?" 凯普问道。他把芮恩的沉默当作了对 AI 入侵的默认。

"当然靠谱。我的职责是协助和监控。我不会违背命令。我无法违背命令。我不会黑入系统, 我只服务于人。"

尼克张开嘴, 准备和 AI 争辩它现在就黑入了系统, 但芮恩摇摇头, 要他克制。

只听 "黑桃 A 号" 超光速引擎的旋转声越来越大, 他们正准备以亚光速进入折跃空间。芮恩坐立不安, 因为她知道, 有些话一旦说出就覆水难收。一切都会因此改变。又一次改变。

可这是冷酷但必要的决定。因为她有必须达成的目标。她想为卡德复仇。她想寻找答案。她想找人发泄, 让他们付出代价……

她的爸爸还在外面。妈的, 她想得到幸福的结局。

她想赢。

这个 AI, 尽管残破不堪, 也能帮助到她。

"做吧。"

"太好了。我这就办。现在进入折跃空间……弗吉船长。"

前方的空间撕开一道口子，它逐渐扩大，发出耀眼的光。进入那道裂口时的光芒令人目眩，群星仿佛在一瞬间被拉长，随后消失在后方的黑暗中。

"预计地球时间六分钟后抵达威尼西亚。"

"好吧。"尼克半信半疑，"到时候就知道了。"

芮恩感到自己状态不佳，飞船上其他成员的状况也没好到哪儿去。他们都精疲力竭、焦虑不安。尼克布满血丝的眼睛下面有层阴霾。他拼命工作了几个礼拜，换来的却是一场悲剧。莉莎平常快乐的模样消失了，疲惫又脆弱。凯普不向任何人敞开心扉。芮恩不知道他到底在想什么，但每次目光相遇，都能看出他的伤痛和悔恨。

"大家都休息一下。"芮恩说。

"那你呢？"尼克回头问道。

她似有似无地笑了笑，"我要确保咱们的新 AI 做得没错，能让咱们活着回到威尼西亚。"

"我当然没做错，我这方面的能力可不是小不点儿。考虑到我的计算正确无误，没有理由——"

"小不点儿？"芮恩捏捏鼻梁，打断了它。

"弗吉船长？"

"你检查过我们的环境系统没？"

"当然，我已经修改了该系统……"

"小不点儿"巴拉巴拉往下说的同时，芮恩揉揉眼睛。她意识到要为一个高度先进的远古人工智能找点事儿做，简直毫无意义。

"……等芯片接入系统，我就能进一步自我强化……"

十九

"黑桃 A 号"，威尼西亚上方两万五千公里处，夸布星系。

站在休息室观察窗前，芮恩凝视着两万五千公里外的威尼西亚。

他们真的只用六分钟就抵达了。

这个先行者人工智能尽管破损严重，依然达成了令人震惊甚至恐惧的成就。许许多多的人对他们会嫉妒到起杀心。

这 AI 还掌握了关于"火灵号"的第一手信息。

只不过,令人"振奋"的是,这些信息被灰暗包裹,笼罩在死亡的阴影里。

"船长?"莉莎在通信系统里说道。

"在。"

"威尼西亚运输中心的凯西问我们要不要预定往常的泊位,还是说你想在轨道上再飘上一阵?"

"留住泊位,请求立即为拉姆提供医疗援助。"

"黑桃 A 号"获得许可,进入这颗行星的领空时,芮恩返回舰桥接替莉莎,亲自完成降落。飞船刚一靠港,她就打开气闸,放下了货舱门。

莉莎在舰桥磨蹭了一会儿,"你一起来吗?"

"你们先去,我一会儿就来。"

芮恩没心思找独处的借口,善解人意的莉莎只是在经过她身边时停了一下,捏了捏她肩膀。他们需要时间来面对卡德的死,来接受发生的一切并为之哀悼。

飞船成员们下了船,拉姆·查尔瓦被医护人员送往新泰恩的医院,芮恩回到船长室,陷入座椅,抹抹脸。她的后背又一次疼得要死，看来她也需要医疗，但有些事情等不了。她深深地吐出一口气，决定撕开包着旧日创伤的绷带。至少，这可以转移她眼下的悲痛……

"你在吗，AI？小不点儿？"

"在。"

"我就叫你'小不点儿'了？"

"我不在乎昵称，你愿意喊什么都行。我也不记得我原来的名字了。"

"你所属的设施发生了什么事？"

"很多事。非常多。但我记忆不全。留存的资料……很散乱。"

"讲讲和'火灵号'有关的那些。"

"回收者，是的。他们抵达了设施，与星盟作战。回收者毁坏了星球。他们为什么要这么做？你们为什么要这么做？"

"不是我做的。"芮恩向它保证，"告诉我那些回收者的事。"

"这么说可能有点傲慢，但考虑到他们低下的技术能力，他们的舰载 AI 令我印象深刻。它动作迅速，计算也很有条理。他们摧毁了星球，毁灭我们所有漂亮的飞船。火灵……这名字很贴切。因为它给我们带来的就只有这些：烧毁一切，还把我的大部分数据和指令直接炸进了太空。"

"那么那条船呢？它怎么样了？"

"它……稍等。有了，你们叫'引力弹弓效应'。它绕转我们的人造恒星，穿过球体，离开了恒星系。他们应该走不远。"

"为什么？"

"因为他们的折跃引擎被用来引爆超新星了。他们失去了进入折跃空间和在其中航行的能力。"

芮恩长叹一口气。所以他们真的是迷路了，"关于这些回收者，你有任何图片或者消息吗？"

"有一些，是我从中继器 07756 获得的信息。"

"麻烦把它们投到屏幕上，好吗？"

屏幕上亮起幻灯片。大多数照片都是从远处拍的，细节模糊，能看到圣赫利人，甚至还有个身材高大、似乎是圣希姆人①的家伙。但这些残破、陈旧的图片只能告诉芮恩谁参与了战斗，却不能告诉她战斗的结果。

突然，屏幕上冒出了爸爸。

---

① San'Shyuum，圣希姆人为星盟中地位最高的种族，对宗教以及政治事务有至高裁断权。

芮恩猝不及防, 差点儿从椅子上摔下。她僵住了, 仿佛担心呼吸和移动会让这照片消失。是他。爸爸。他看向镜头, 正微笑着说话。

"这图片怎么来的?"

"进入他们的通信频道轻而易举。"

"有音频吗?"

屏幕旁的扬声器发出静电的嗞嗞声, 然后她听到了, 他贴向镜头, 一边说道:"别让咖啡凉了。我很快就回来。"

眼泪模糊了芮恩的视线。接着, 画面再度切换, 由混乱的战场取代。她过了一会儿才明白自己看到了什么, "那是……?"

"我相信你们叫他们'斯巴达'。那些回收者称他们为'红队'。"

视频里, 三名斯巴达在一群圣赫利人中杀进杀出, 而在画面底部, 爸爸时不时出现, 也在疯狂地战斗。

视频突然消失, 变成了一行行雪花。芮恩腾地站起, 完全忘记了后背的疼痛, "等等, 后来怎么样了?"

"记录该事件的同时, 我开始转移关键系统, 自我拷贝至球体的每个站点。他们要摧毁这球体。"

"你一直说'球体'。你指的是行星吧？"

"不，那是一个构造物，一个避难所。你可以认为它是个巨大的人工避难所。"

"调到战斗前的图像，有音频的那张。"AI照做了。"定格。"

他又一次出现了。这个名叫"约翰·弗吉"的男人。芮恩的心缓慢而有力地跳动，重新坐下时，她感到身体有些不舒服。

"球体爆炸前，你追踪'火灵号'的去向了吗？"

"只知道它的初始轨迹。"

那些船员会进入冬眠舱。除非他们能另找一颗行星，建立基地，并等待救援……

"扫描最后地点附近的恒星系，创建一张星图，高亮舰船轨迹能抵达、且同时具备人类生存条件的行星或卫星。还有，能告诉我回收者与星盟的冲突导致了多少人员伤亡吗？"

"很抱歉。缺乏相关数据。星图已制作完成，船长。"

AI的工作效率让芮恩感到惊讶，她检查刚发送来的星图，看到底是哪些恒星系和行星可能成为"火灵号"的目的地。想到她说不定能找到"火灵号"的最终目的地，她难以置信地苦笑起来。

"船长？我真的不确定你是否明白'幽默'的定义。需要我再解释一遍吗？"

"不了，谢谢。我需要你联系新泰恩的默尔多利医生，帮我预约。就今天。"

"这就办。另外，我们应该讨论一下你的工程师……"

"现在不行。"她疲惫地说。看着星图，芮恩觉得命运仿佛在和她作对——也许一直如此。跟着这张星图走，无疑又得豁出一切。

那是另一个未知之地，另一场冒险。

她望向屏幕后面的舱壁。那里的挂画是莉莎作为正式飞船成员，进行第一次长途航行时画的。它边上是一些照片，包括莉莎和尼克六个月前与日落的合影，还有同一趟旅途中，他们抓拍的卡德。卡德身后的水池波光粼粼，而他回过头，露着坏坏的笑……

他总是摇摇头，面带微笑着说她是个幸运儿。

芮恩胸口发闷，移开目光。

她的好运气是拿卡德的性命换来的。

现在他死了。

卡德让她看到了另一种人生，一种安定生活的可能性。她依然可以做出这选择。现在还不算晚。

那条路现在看来无异于一场幻梦。一旦走上，她迄今的生活方式、她对父亲的寻找……还有她对盖克·拉尔的复仇，都会化为乌有。

她想从那个铰链头肩上扯下"狗牌"，看着他剩下的独眼光芒逐渐熄灭。

失去卡德让芮恩变得鲁莽，不那么在乎自己的死活。但对她的船员们来说，情况却恰恰相反。她必须更加谨慎，更加清楚自己对他们的责任，更加坚定地保护他们。

毕竟，他们是她的家人。

绕转矮星的先行者废墟应该能打捞出不少宝贝，够"黑桃A号"的船员吃穿用度几辈子。有了钱，莉莎和尼克可以实现他们所有的梦想，不论购房还是上学——甚至能买下学校。有了钱，凯普可以搞定他喜欢的每一条船。要是乐意，他完全能够买支舰队。他们能做的实在太多了。

他们会拥有美好的生活。

问题就出在这儿。芮恩的确希望自己能为他们做到这些……但她想要的不止于此。

她的手指敲打着桌子。她看看墙上的照片，又看看面前的星图。

那里有等待寻回的宝贝。

有杀死卡德的恶徒。

有她的爸爸和"火灵号"。

不过她得决定，从哪里开始……

译后记

　　弗吉中士的故事出现在《光环：战争》里，他不是斯巴达，但依然缔造了属于自己的传奇。他参与了丰饶星、阿卡迪亚等一系列战役，并与星盟在先行者的盾世界伊特兰港大战，杀死神风烈士莫拉米。之后，他为了阻止洪魔，掩护火灵号撤退，不惜以生命为代价，引爆折跃引擎毁灭了这个盾世界。